Gregory Huchon

Seduction Game

...Bref, je crois que c'est pas ma journée !

Editions de Saint-Amans

Grégory Huchon, alias 10Trayant ou encore MC Raptor, est un étudiant et artiste toulousain de 21 ans : auteur-compositeur-interprète, slameur. Si la curiosité vous pique, vous pouvez visiter le site web sur lequel il dépose ses créations, dont des passages de ce livre mis en musique et en vidéo (clips, doublages parodiques) :

http://www.youtube.com/10trayant

Résumé :

Oserez-vous vous glisser dans la peau de Paul Hamploi, un malchanceux pathologique, terriblement loser, maladroit, hypocondriaque, paranoïaque et radin ? L'auteur signe un premier roman aussi hilarant que fascinant, se déroulant à l'échelle d'une journée bien chargée.

Au fil de l'aventure, Paul va tenter, au moyen de matchs de séduction, de trouver l'âme-sœur. Il rencontrera des personnages plus ubuesques les uns que les autres.

Paulo a un faible pour K-Reen, sa mystérieuse voisine somnambule dotée de pouvoirs insoupçonnés, de facultés extra-sensorielles. Est-ce une alien ayant l'apparence d'un humain, un humain dont le code génétique a été chamboulé par l'accident nucléaire de Fukushima, ou une vampire ? Ou tout cela à la fois ?

D'autre part, Paul dispose sur son smartphone d'applications inédites, ahurissantes, distrayantes, loufoques créées par Giovanni, un ami nerd surdoué en informatique/électronique, travaillant pour une branche secrète du

Pentagone. Il peut notamment grâce à cet outil accéder aux pensées des gens ; communiquer avec les objets ; filmer ses rêves ; matérialiser des objets...

A noter également que l'intrigue s'articule autour des textes de slam composés par l'auteur.

Le mot de l'auteur

J'aime l'idée de puiser, de manière illimitée, dans le potentiel extraordinaire de la langue pour créer des combinaisons lexicales fascinantes, percutantes et comiques. J'adore jongler avec les mots. J'aime le concept d'envoyer des décharges d'endorphines, des électrochocs d'énergie positive, pour donner de l'euphorie aux gens.

Vivre en prenant appui sur une soupape humoristique (en usant par exemple de dérision) permet de prendre de la hauteur, de la légèreté, du recul sur la réalité, d'atténuer la charge dramatique d'une situation.

J'aime l'idée d'avoir des projets, des rêves, de se lancer des défis, et surtout de repousser ses limites.

Remerciements

Je tiens à remercier chaudement :

> Ma famille pour leur soutien.
> Mélyssa, Orlane.
> Mes fans qui me follow sur Youtube, Noomiz, Facebook, Twitter pour leurs chaleureux messages d'encouragement et leurs acquisitions de mes créations : t-shirt, cd, dvd.
> Les personnes que j'ai pu rencontrer lors de concerts, pour leurs précieux conseils qui me permettent d'avancer, innover.
> Les professionnels qui me font confiance à commencer par les Éditions de Saint-Amans.

Playlist
(Titres issus des albums de l'auteur)

> Je n'aime pas les lundis
> Donne-moi la force (Make me strong)
> Leon (PimpMyLady Rencontres customisées
> Appel à la tolérance_Yes, I can !
> Clémentine
> A part ça, tout va bien
> Dans la cible de Cupidon
> Dérapage incontrôlé
> Jackpot sentimental
> Envoyé spécial
> Tour du monde
> Flirt avec une infirmière
> Un couple explosif d'impulsifs/Comédie romantique
> Avis de recherche
> Mauvaise pioche/L'OVNI multicolore, stp, quitte-moi
> Musicothérapie
> Venga, venga, ici c'est le fire !

Personnages principaux

> Paul Hamploi

Narrateur et héros décalé, déjanté. Il essaie de survivre face à un environnement agressif : dangers du nucléaire, accidents, agressions, vengeances, dettes, plans d'austérité, réformes machiavéliques, chômage, répressions sanglantes, catastrophes environnementales (réchauffement climatique, tsunamis, séismes, inondations, fin du monde...), guerres, crimes, troubles psychiques de la population...

Paulo n'a de cesse de se plaindre comme quoi il n'a pas d'argent, alors qu'il est à la tête d'un patrimoine fiscal conséquent. Il est riche, mais maladivement radin.

> **K-Reen**
Voisine mystérieuse de Paul ; somnambule ; caractéristiques étranges.

> **Giovanni**
Giovanni a un look mi-chic mi-extravagant, des lunettes, un smartphone et un pc portable en mains.

Ami d'enfance de Paul ; en tant que hacker de renom, il cracke, bidouille les systèmes électroniques et informatiques avec brio, métier : développeur d'applications pour smartphones et tablettes.

> **Yves**
Un vagabond qui boit beaucoup.

> **Roselyne**
Mère de Giovanni ; victime d'une maladie mentale burlesque ; dealeuse de vaccins contre le H1N1.

> **Katia**
Une geekette farfelue.

Sommaire

Citations qui m'inspirent

« L'être humain est extrêmement puissant. Seule sa croyance de son impuissance le rend impuissant. »

« Crois au potentiel exceptionnel qui sommeille en toi. »

« Ne laissons pas nos mauvais hiers manger nos beaux lendemains. »

« La seule limite réelle qu'un homme a, c'est sa limite mentale. »

« On est meilleur que ce que les autres veulent nous faire croire. »

« Ce n'est pas ta vie qui est dure, c'est ton mental qui n'est pas assez fort. »

« Le corps humain est étonnant : avec de l'entraînement, on peut arriver à faire des choses inimaginables. »

« Chaque être humain renferme des richesses époustouflantes, des ressources infinies, que chacun gagne à découvrir et développer. »

« Prendre conscience que tout problème constitue une opportunité déguisée. »

Grégory Huchon

« La vie est une boîte de chocolat : on ne sait jamais sur quoi on va tomber. » (Mère de Forest Gump)

« Tout malheur porte en lui le germe d'un grand bonheur. » (Napoléon Hill)

« Les Hommes les plus durs à aimer sont souvent ceux qui en ont le plus besoin. » (Peaceful Warrior)

« Si nous entraînons notre esprit pour qu'il connaisse la paix, nous serons constamment heureux, même dans les situations les plus difficiles ; mais s'il n'est pas paisible, alors nous ne serons pas heureux, même si nous avons les conditions extérieures les plus agréables. Il est donc important d'entraîner notre esprit au moyen de la méditation. »

« Le bonheur est un état d'esprit, par conséquent, la vraie source du bonheur se trouve dans notre esprit et non dans les conditions extérieures. » (Bouddhisme)

« Qui domine les autres est fort, qui se domine lui-même est puissant. » (Lao Tseu, fondateur du taoïsme)

« La roue tourne. »

*****

Toute ressemblance avec des personnages existants ou ayant existé serait fortuite et indépendante de la volonté de l'auteur.

Je tiens à préciser que je n'attaque absolument personne, tout est à prendre au second degré bien entendu ;-).

1

C'est l'histoire d'un mec

7 janvier 2013.

A la fin de l'année dernière et durant trois jours de nuit (les 21, 22 et 23 décembre 2012), des cataclysmes apocalyptiques se sont déployés sur le globe. Alors que ma famille, quelques amis et moi étions coincés entre un séisme, un ouragan, une pluie de particules radioactives et une éruption volcanique, des extraterrestres bienveillants nous ont aspirés dans leur vaisseau. Puis ils nous ont relâchés dans notre région d'origine, une fois le calme revenu.

Les médias affirment que la Terre a transité, que l'on a changé de cycle. Le cycle précédant prenait racine sur la troisième dimension, où prédominaient les valeurs sales : l'instinct animal, l'argent et le pouvoir. Désormais nous migrons vers les quatrième et cinquième dimensions, axées sur les qualités humaines : compassion, altruisme, solidarité, entraide... De nombreux gouvernements tyranniques ont été renversés depuis début 2011. On a découvert à quel point on était manipulés.

C'est l'histoire d'un mec... frustré, névrosé, angoissé, complexé, procrastinateur, lunatique et multi-phobique, qui se bat sans relâche contre tous les maux qui le rongent, contre toutes les agressions du monde extérieur. Ce sont les chroniques d'un homme qui tourne en rond, parachuté dans un monde qui ne tourne pas rond.

Le réveil m'extirpe du flamenco avec Morphée. Je lis *5h45* sur l'écran digital, il est temps que je me lève. J'incarne la France qui se lève tôt. Je me retrouve sous le lit, comme tous les matins, allez savoir pourquoi. Concernant ce comportement étrange, mon psy m'a expliqué que c'était à cause de mon oncle, parce qu'il ne faisait jamais ses lacets, ni la vaisselle. Pour tout vous dire, je n'ai jamais saisi le rapport.

Moi qui voulais faire une matinée aussi grasse que le grec avarié que j'ai ingurgité hier soir, c'est loupé : je réalise qu'on est lundi.

Comme tous les lundis, je me sens englué à mon lit.

Je mets une droite à mon réveil, et ferme les yeux, imaginant que j'ai de l'oseille.

Aujourd'hui j'ai la frite, j'aimerais aider l'Afrique.

Mais je n'ai toujours pas de fric.

Je suis en manque de sommeil, en manque de soleil.

Englouti dans la grisaille quotidienne,

J'ai envie de faire mes bagages et partir en voyage.

Mais je dois revenir à la réalité.

En plus, je dois retourner travailler. I hate monday.

Mon salaire n'est pas très alléchant,
Je crois qu'ils ont oublié le supplément
Pour payer la nourriture, les factures, les frais de voiture.
Devant ma petite prime, je déprime,
Je projette d'être chasseur de primes.
Mon voisin, lui, il a tout compris.
C'est peut-être parce qu'il a Free.
Il compte sur Secret Story, pour assurer sa success-story,
Il envisage un succès historique.

{Sur Youtube, tapez: '10trayant J'aime pas les lundis'}

Je compose le numéro de Giulia, une collègue. Elle décroche : « Allô Paulo ? Qu'est-ce qu'il t'arrive, pourquoi tu m'appelles si tôt ?

-C'est simplement pour te dire que ce n'est pas la peine que tu te réveilles, car tu ne travailles pas aujourd'hui.

-Oh l'enflure !

-Voilà. Sur ce, bonne journée. » Sa voix est surchargée de rage. J'adore faire ce genre de plaisanteries, ça me donne la pêche.

La violence gratuite bat son plein. Le ministère de la terreur, de l'intérieur pardon, vient de l'annoncer à la radio. J'espère que je ne vais pas me faire agresser aujourd'hui encore. D'autant qu'ils ont installé un hôpital psychiatrique à trois rues d'ici, duquel les fous, que dis-je, les patients en voie de guérison, s'évadent fréquemment. C'est pourquoi il m'arrive d'observer des situations truculentes.

Vu les *breaking news* et les nouvelles réformes entrées en vigueur, j'en conclus que je n'aurai **jamais** de retraite. Ils auraient pu trouver mieux comme info pour me mettre de bonne humeur !

Les humains me donnent envie de vivre sur un bateau, observer les baleines et nager avec les dauphins. Plus je connais les Hommes, et plus je préfère parler aux objets, plantes et animaux, quitte à passer pour un frappadingue. Lorsque je me penche sur l'Histoire de l'humanité, je me dis que je vis avec des détraqués terriblement dangereux.

Comme tous les matins je me fracture les deux genoux en me cognant contre l'armoire et le placard de part et d'autre de la porte. C'est le parcours du combattant pour aller jusqu'à ma cuisine : j'ai dissimulé des pièges un peu partout. Ça m'amuse.

Avec fatalisme, j'observe mon appartement excessivement mal rangé. Mais sachez que c'est encore pire dans ma tête !

En voyant mon reflet dans le miroir, j'ai fait une crise d'épilepsie ! J'ai grandi et grossi cette nuit : ma petite bedaine est devenue un mastodonte. En outre je ressemble à une télécommande multifonctions : j'ai plein de boutons sur le visage, des moustiques m'ont dévoré cette nuit.

Je me regarde droit dans les yeux et articule d'une voix si grave et convaincante que tout l'immeuble se met à trembler : « Je suis le meilleur, je vais écraser tout le monde. Rien que le fait de me croiser, les passants auront de la fièvre, des fractures et des courbatures. »

Il faut que je fasse un petit régime quand même : à partir d'aujourd'hui c'est décidé, j'arrête de mettre du ketchup, de la mayonnaise et du sel sur mon pain que je prends tous les soirs pour accompagner mes repas télé constitués de hot dogs/pizzas/cheeseburgers/frites. A peine la journée vient de commencer que j'ai déjà pris une résolution qui m'épate moi-même !

Justement, une application sur mon smartphone scanne mon corps. Le logiciel me conseille de faire du sport et de manger davantage de fruits et légumes. Il me donne les adresses d'une piscine et d'une piste d'athlétisme. Il envoie l'ordonnance intitulée *Objectif ventre plat* à mon imprimante via wifi, sans que je ne demande quoi que ce soit ; puis lance une session d'abdos-fessiers ainsi que des enchaînements de muay thaï.

Au fait je ne me suis pas présenté : je m'appelle Hamploi. Paul Hamploi. Mais tout le monde m'appelle Norbert, parce que j'ai une vie de chien. Comme mon nom l'indique (le vrai, pas le surnom), je me retrouve très fréquemment au chômage, comme si c'était ma destinée inéluctable...

Je suis un survivant *in extremis* de la sélection naturelle. Je suis plutôt asthmatique que charismatique. Je suis plutôt spasmophile que haltérophile. Je suis plus enroué qu'enjoué.

Mes dents du bonheur ne me servent à rien. Je cherche le bon partout où je le trouve, même si je n'en trouve pas beaucoup... Pourquoi quand il y a du soleil, il pleut quand même sur moi ?

J'ai consacré ma vie aux échecs. Et là je ne parle pas que du jeu de société. J'arrive même à louper mes examens médicaux. Jugez plutôt : mon rêve était de devenir pilote de chasse. J'avais réussi tous les examens. Cependant j'ai été refusé, tout simplement parce qu'une myopie s'était installée peu avant le *check up* médical. Mon rêve d'enfant s'est brisé, tout simplement. Mais ne laissons pas ces mauvais hiers manger nos beaux lendemains. Il n'y a pas de situation désespérée, il n'y a que des gens qui désespèrent d'une situation.

Hier j'ai déposé une lettre magnifiquement rédigée (j'ai mis trois mois à la peaufiner) au pied de la boîte aux lettres de Loana, ma nana du moment, accompagnée d'un bouquet de roses, pour la jouer romantique. Seul bémol : en rentrant chez elle, ne voyant pas mes cadeaux à cause de la nuit qui est tombée trop vite et sans prévenir, elle a glissé sur la lettre, et a atterrit évidemment sur les roses. Et qui dit roses dit épines. Ils ont diagnostiqué un traumatisme du coccyx. J'aurais aimé lui rendre visite et lui apporter un petit cadeau de rétablissement, mais je ne préfère pas, on ne sait jamais ce qu'il peut arriver...

Au sortir d'une douche vivifiante, je plonge dans un jean aussi tendance que toxique, et enfile un t-shirt floqué *Limitless* à l'avant et *People United Colors* à l'arrière. Ces inscriptions donnent le tempo de la journée en mettant en avant mes côtés 'Rien ne peut m'arrêter' et 'Je milite en faveur de la solidarité entre les humains, la tolérance, l'épanouissement de chaque individu et la paix sur Terre'. Qui a dit que l'habit ne faisait pas le moine ?

Tous ceux-ci sont des vêtements de contrefaçon qu'un ami douanier m'avait offerts pour mon anniversaire, au sortir d'une saisie.

Malgré mes troubles musculo-squelettiques générés par l'environnement ultra-pollué de l'époque actuelle, j'essaie d'enfiler un gilet pare-balles. Opération réussie.

Je suis un pacifiste, mais j'ai toujours un 6mm et une machette dans mes chaussettes, c'est juste au cas où.

Les chaussures (aussi noires que mon passé,

mon avenir et mon humour) aux pieds et le sourire forcé aux lèvres, je dessine sur mon crâne une coupe futuriste.

Je me pulvérise un déo aux extraits de « Oh qu'est ce que tu sens bon ! C'est quoi ton parfum ? » Même les Black Eyed Peas s'en mordent les fesses, tellement ils aimeraient avoir le même. Tous les jours ils contrôlent mon profil *Twitter*, pour voir si je lâche l'adresse du site sur lequel je me le suis procuré.

Je donne de l'eucalyptus à mon koala et du steak de requin de Tasmanie à mon perroquet difficile.

Malgré mes blocages énergétiques liés à mes multiples phobies et traumatismes, je tente de passer mon bol de lait au micro-ondes. Zut, il dysfonctionne. En plus la garantie de cinq ans s'est terminée hier, justement. A croire que les fabricants le font exprès. Je n'ai pas de veine. Et il n'y a pas que les infirmières qui le disent.

J'ingurgite trois cafés et un milkshake aux céréales, pour me donner un coup de fouet afin d'optimiser mes performances cognitives et physiques. Je dois m'y prendre à vingt-trois reprises pour parvenir à verser les liquides dans les bols respectifs. Je ne suis pas gaucher. Et encore moins droitier.

J'avale trois amphétamines, cinq

anxiolytiques, deux antidépresseurs ainsi que des cachets qui neutralisent les effets secondaires des premiers (ça fait une bonne quarantaine de comprimés dans le bide de bon matin ; mon estomac décomposé remercie la société d'avoir instauré le culte de la performance et la concurrence). Demain je commence le yoga, c'est plus sain.

Je lis sur mon webphone mon horoscope du jour : « Toute la matinée vous vous ferez escroquer par le système [jusqu'ici rien d'inhabituel]. Votre compte sera comme votre moral et votre santé : au plus bas. En début d'après-midi, un commando armé appartenant à une organisation terroriste vous kidnappera pendant que toute votre famille succombera tragiquement dans un incendie. Seul dans un château hanté par de mauvais esprits, vous vous retrouverez face à vous-même pour faire le point sur votre vie. Vous serez torturé durant une heure, jusqu'à ce que la faucheuse vous raccompagne chez elle. Sur ce, bonne journée et surtout bon courage. » Ça s'annonce rock'n'roll ! Une magnifique journée en perspective ! Ça donne envie de se lever. Déjà que je n'aime pas le lundi, mais alors là...

Une chaine de télé diffuse un teaser sur leur nouveau programme de téléréalité : « Si votre enfant se sent seul même quand il est entouré d'un groupe de trente personnes ; s'il touche ses pieds avec sa langue tous les matins avant de partir à l'école ; s'il essaie de fabriquer des cookies à partir de tire-bouchons et de tournevis ; s'il jette des peaux de bananes et des cacahuètes sur sa maîtresse ; s'il parle aux emballages plastiques ; s'il mange de la farine pure en regardant la télé ; s'il dort la tête dans un arrosoir ; s'il met des scorpions dans les chaussures de tous ses camarades ; si quand il va chercher du pain il revient systématiquement avec la boulangère dans le sac à pain ; si vous retrouvez des bouts de jambes, de bras, des doigts, des ongles, des cheveux, des yeux dans son cartable ; s'il ramène que des notes excellentes ; s'il met des gants dès qu'il sort pour ne pas laisser ses empreintes digitales ; s'il ajoute des grenouilles et des escargots vivants dans ses Corn Flakes ; s'il veut exterminer tous les Moldus ; s'il essaie de faire pousser un cocotier en plantant les yeux de sa maîtresse ; s'il se promène toujours avec une tronçonneuse, une massue, un rasoir électrique et un sabre laser quand il se promène dans la rue ; s'il se casse les dents à force de manger des boîtes de conserve ;

si à chaque fois qu'il croise quelqu'un, il réalise trois tours sur lui-même, cinq pompes, dix abdos et qu'il change de trottoir en faisant des pas chassés ; s'il escalade les bâtiments et se cache dans une poubelle ou une cheminée dès qu'il entend la sirène de la police ; s'il essaie de faire rentrer un éléphant dans votre voiture ; s'il pique un fusil de chasse et tire sur les gens pour décompresser ; s'il met du roquefort dans vos chaussons ; s'il séquestre les passants dans les toilettes de son école ; s'il saute du cinquième étage de chaque immeuble pour, dit-il, « apprendre à voler » ; s'il attache et colle tous vos voisins au plafond de votre salon ; s'il vous met des couches de bébé sur la tête quand vous dormez ; s'il crache sur vos meubles et sur vous ; s'il dépose des fléchettes électrifiées à l'intérieur de vos oreillers et vos draps ; s'il place des explosifs dans votre maison ; si ses copains le surnomment Ben Laden ; s'il a lâché des vipères chez vos amis parce qu'il ne les aime pas ; s'il essaie de faire rentrer la voiture du voisin dans une bouteille de jus d'orange.

Tous ces comportements signifient qu'il souffre en silence. Appelez-nous pour participer à notre émission, et une équipe ultra-performante de pédopsychiatres l'aidera dans son combat. Ils seront enfermés et filmés dans un loft pendant dix mois. Vous voterez chaque semaine pour celui et celle qui auront le droit de manger, boire et dormir. » Comme des bêtes de foire quoi. Ils se servent de cas désespérés pour récupérer de l'audimat et ainsi partir faire de la planche à voile en famille aux Maldives grâce au gros chèque qu'ils auront reçu.

2

K-Reen

Pendant que les actionnaires brassent plein de sous, je brasse du vent, je fais des translations, des rotations dans le salon. J'ouvre la fenêtre, je claque la porte, pour mettre de l'animation.

Attention, je ne fais pas que remplir les blancs. Des fois, je me bats pour la justice (mais ça j'avoue c'est quand je suis vraiment en forme, c'est-à-dire lors des années bissextiles).

Impossible de mettre la main sur mes clés de voiture. Je perds tout en ce moment. Surtout du temps.

Revendiquant haut et fort mon statut d'homme athlétique et équilibré, je réalise avec assiduité mon entraînement du matin. Je synchronise mes acrobaties de gymnaste de haut-niveau (c'est-à-dire un tour sur moi-même suivi d'un impressionnant saut au-dessus de mon canapé ; tellement impressionnant d'ailleurs que, dans le feu de l'action, je me suis déboîté une épaule, cassé deux côtes et tordu une cheville) avec les tempos endiablés de ma chaîne hifi dernière génération fraîchement acquise. Les Watts bombardent allègrement mon salon, alors que j'avale des antidouleurs. Je pousse le volume à fond. Ce sont les voisins qui vont être contents ! Les mélodies pénètrent dans mon circuit auditif et les paroles s'accrochent à mes neurones :

Je suis un insurgé en Syrie. Les meurtres en série terrifient mes nuits.
Liliane Bettencourt signe des gros chèques, à s'en faire mal aux mains.
Toute la journée, j'appuie sur la gâchette, à m'en faire mal aux mains.
T'écris des rimes, je marche sur des mines.
T'écris des couplets, irréversibles sont mes plaies.
Tu vas au bal, mon torse est criblé de balles.
Tu rentres dans ton hammam, je slalome entre les flammes, et les corps sans âmes.
Tu pars en Spring Break, je tape un sprint net,

Quand ils envoient les missiles sur les civiles.
J'ai le corps brûlé au troisième degré,
Demande à David si je suis douillet.
Des pluies de douilles et, des vies ôtées, des destins brisés.
Je suis dans le viseur d'un blindé. C'est violent, je suis choqué.
T'as le cœur brisé, chez moi c'est les jambes qui sont brisées. Make me strong.

Donne-moi la force, de faire face aux forces néfastes.
Donne-moi la force de courir, pour esquiver les tirs.
Donne-moi la force de sourire, malgré mes douleurs vives.
Donne-moi la force de souffrir, pour réussir.
Donne-moi la force de résister à la torture, surmonter les coups durs.
Donne-moi la motivation de vaincre mes démons.
Donne-moi l'espoir de croire aux miracles.
Donne-moi la force, de croire en moi, de croire en l'Homme.
Donne-moi de l'énergie, pour accomplir tous mes défis.
Donne-moi des ailes, pour aller au bout de

mes projets.
We fight every day. We are soldiers. Make me strong.

Je vis en Somalie, là où les famines déciment les familles.
Comme Stevie Wonder, je préférerais ne pas voir la réalité en face,
Ça devient trop trash.
T'achètes des bijoux en or pur, je cherche ma nourriture dans les ordures.
J'ai trop faim, je ne tiens même plus debout, j'ai mal partout.
Mes jambes sont aussi larges que des bambous. Je rampe, dans la boue.
Donne-moi la force de tenir le coup, jusqu'à l'arrivée des secours.
Tu fais du freestyle motocross, à t'en casser les genoux,
J'ai une bombe autour du cou.
Je n'ai ni bras ni jambes. Donne-moi le courage, de traverser la Manche à la nage.
Je suis coincé sous un rocher ;
Donne-moi la force de couper mon bras, pour m'extraire vivant de ce canyon.

Je suis otage en Afghanistan depuis un an.
Une grenade dans la bouche si je parle,

Pendant que tu prends des douches au champagne.
T'es sous les feux de la rampe, j'ai un Magnum sur la tempe,
Je suis dans l'attente de la libération. Mais c'est long.
Je suis sportif de haut-niveau. Je me prépare pour les JO, les Mondiaux.
Donne-moi la force de me fabriquer un potentiel démentiel.
Boosté à bloc, je suis prêt à exploser les compteurs, pulvériser les records.
My name is Oscar Pistorius, je cours avec des prothèses en carbone.
Avec acharnement je m'entraîne, à en devenir un surhomme.

{Sur Youtube, tapez : '10trayant Donne-moi la force'}

J'écoute ce morceau coup de poing tous les matins pour me donner la niac. Cet uppercut verbal dope mon mental pour la journée.

Je me rends aux WC. Un python sort de la cuvette ! Sous l'étonnement, je fais une pirouette. Pas de bol, je me cogne contre la porte, ça n'arrange pas ma tête... Aujourd'hui, les opérations séduction seront des missions impossibles. Pourtant, j'en aurais eu besoin, Loana (qui souffre toujours autant) vient de m'appeler, pour me plaquer. C'est dommage, je commençais à éprouver des sentiments pour elle, après six semaines de flirt. Son placage est aussi douloureux que celui d'une dizaine de rugbymen néo-zélandais. Mon coup de cœur a déposé son coup de gueule sur un coup de fil. Mon coup de foudre s'est transformé en coup de massue dans mon cœur. L'empreinte qu'elle a imprimé dans mon cœur subi un séisme et les ondes sismiques scarifient ma joie de vivre. Je préfère prendre cette nouvelle avec poésie.

D'un côté, ce n'est pas plus mal qu'elle me quitte. Ainsi je vais faire des économies : à chacun de ses anniversaires, elle avait le culot de me commander un cadeau ! Ma bonté a des limites. Surtout quand il s'agit de mettre la main au porte-monnaie. Elle abusait de mes sentiments, elle me manipulait.

J'allume mon pc, je consulte mes mails.

Je vais récupérer l'album d'Adele, je l'écouterai dans la voiture, ça va me détendre. Eh mince, le FBI vient de fermer Megaupload.

Mon antivirus m'avertit qu'il a détecté un ver informatique. L'écran devient flou, puis tout noir. Je le redémarre. Neuf fois. Trente-sept fois. Quatre-vingt dix-neuf fois. En vain.

Mon lecteur DVD et ma console *next gen* ont fondu, sous l'effet de la canicule.

J'ai dû ingérer un aimant à catastrophes sans faire exprès.

Légèrement déboussolé par les événements et le cœur qui se décompose petit à petit, je descends les escaliers de l'immeuble qui hésite à s'effondrer.

Des pas se rapprochent. L'atmosphère est lourde, terrifiante oserais-je dire même. Je sens une présence, comme si un tueur à gages me traquait, vous savez.

En me retournant, tout en effectuant des efforts démesurés pour maîtriser mes tremblements, mes yeux s'arrêtent net sur une fée tombée du ciel. Cette déesse déguisée en terrienne est enveloppée d'une fourrure de couleur rouge étincelle, assortie à son brillant à lèvres. Ce doit être un mirage : quand elle marche, elle laisse derrière elle une traînée lumineuse, telle une comète. La diva plaquée or a happé mon regard. Elle dégage une aura ensorcelante. C'est K-Reen, ma voisine.

C'est une œuvre d'art, qui parle et qui bouge en plus ! Ma mémoire clippe sa dégaine joliment pixellisée jusqu'aux doigts de pieds qui s'échappent de ses souliers. Elle a un style vestimentaire spectaculaire. J'assiste à un spectacle visuel époustouflant. Sa beauté déborde de partout. Surtout de son visage.

Tandis que deux crabes s'extirpent des manches de son chemisier, trois chauves-souris s'échappent de son col. Cette femme est mystérieuse. Une étincelle de lucidité fait trembler ma dynamique mentale : et si K-Reen était une vampire ? Cette interrogation déconcertante crée un désordre monstre dans ma tête (déjà bien atteinte). En plus cette hypothèse est vraisemblable : j'ai lu sur un tabloïd que cette espèce vivait parmi nous. D'autant plus que : son teint est pale ; ses pupilles changent de couleur selon les conditions environnementales (température, pression atmosphérique, nombre d'individus à ses côtés, émotions, jour de la semaine, ingrédients de son dernier repas, dernière mélodie qu'elle a entendu, nombre de *j'aime* comptabilisés sur sa dernière photo déposée sur *Facebook*) mais peut-être dispose-t-elle de lentilles ? Elle a deux dents bien aiguisées ; elle est très rapide dans ses mouvements ; tous ses vêtements sont rouges (même sa cagoule et sa cape) et qui dit rouge dit sang forcément ; elle est fan de Stephenie Meyer d'après ce que j'ai entendu lors de plusieurs écoutes téléphoniques illégales et vu lors de consultations de ses tweets ; elle se trimballe systématiquement avec une bouteille d'orange sanguine. Mais ce ne sont sans doute que des coïncidences, et je suis sûrement paranoïaque.

Son regard perce mes yeux et accède aux profondes strates obscures et terrifiantes de mon subconscient (c'est encore pire que les ténèbres). Je n'aime pas trop ça...

Aller Paulo, crois au potentiel exceptionnel qui sommeille en toi. On est meilleur que ce que les autres veulent nous faire croire. Un homme peut en cacher plein d'autres. Sincèrement il faut être une mauvaise langue pour arriver à me trouver des défauts. Tout être humain recèle de ressources infinies que chacun gagne à découvrir et à développer : c'est ma phrase fétiche, elle redonne à quiconque a le bonheur de l'entendre : espoir, force, tonus, vitalité, faim, soif, fureur de vivre, envie de travailler même s'il sait qu'il va être très mal payé. J'appelle cela une citation magique. En outre, la bonne humeur, c'est le début du bonheur.

On a tous des points forts et des points faibles que les autres n'ont pas forcément : on est unique. De plus, le corps humain est étonnant : avec de l'entraînement, on peut arriver à faire des choses inimaginables. Chaque jour je m'exerce à développer des aptitudes inédites.

Je ne vais pas vous raconter d'histoires, je veux juste marquer l'Histoire.

Je suis apte à combattre, à surmonter l'insurmontable. Avec du courage et un mental de tueur, tout devient possible. Je ne suis pas là que pour faire joli.

Je suis survitaminé, bourré de pep's ! J'ai envie de partir avec des millions d'euros comme Ben Ali, peser lourd comme Big Ali (en terme d'influence internationale), avoir la gauche de Mohammed Ali, maîtriser le kung-fu comme Bruce Lee ou Jet Li.

Entre deux dédoublements de personnalité, je lance des répliques, je m'implique, et je m'applique sur la technique dans l'optique de la rendre euphorique. Je cherche la combinaison lexicale la plus percutante. Pendant que le temps se consume, je dégaine un accent originaire de Neptune, pour sortir du lot : « Salut K-Reen !

-Bonjour Paul. La forme ?

-Impeccable, gastriquement parlant. En plus je t'ai vu, donc c'est bon, j'ai passé une magnifique journée. » Mais fais quelque chose K-Reen ! Crie, pleure, tape quelqu'un, évanouis-toi, scarifie-toi les veines, mords quelqu'un, organise des émeutes, inscris-toi à la CGT, provoque des incendies, brûle des voitures, crée un parti politique aux idées originales et efficaces pour soigner les maux de la société, invente de nouveaux produits, invite-moi à regarder le film *Intouchables* ou *The Artist*. Montre-moi que ça te touche ce que je te dis, bon sang !

Qu'est-ce qu'elle attend pour m'avouer qu'elle est folle de moi depuis le premier jour où l'on s'est croisé ? Que Kate & William divorcent ? Que Yannick Noah mette des chaussures ? Que Michael Jackson sorte de sa cachette et fasse son come-back ? Que les lèvres de Lana del Rey dégonflent ?

Ah si ça y est, je décèle des réactions épidermiques : ses cheveux dansent la tecktonik, ses sourcils font des figures acrobatiques. *Qué pasa* ? Je transforme mes voisins en amis.

La première fois que je l'ai rencontrée, cinq minutes après être tombé sur elle, je suis (par ordre chronologique) : tombé amoureux, puis tombé de haut, puis tombé d'une voiture, puis tombé d'un pont, puis tombé malade, puis tombé de sommeil, puis tombé sur Yves, et enfin une amie est tombée enceinte. Tout ça en dix minutes montre en main.

Ne retrouvant pas les clefs de son appartement, elle sort de sa bouche un fil dentaire, et l'utilise pour crocheter sa serrure.

Je puise dans le délicieux sourire de K-Reen la force d'aller travailler. Je suis orienté fun, détendu, no stress, ouvert à tout, créatif, enthousiaste. Enfin... Jusqu'à ce que je voie les têtes constipées de mes collègues névrosés.

J'ai trois objectifs à atteindre avant ce soir : premièrement avoir un compte bien garni, ensuite trouver l'amour, et enfin créer une société agréable à vivre dans laquelle tout le monde s'épanouit, où personne n'est rejeté. La journée s'annonce chargée.

Le visage boursouflé, je plonge dans ma voiture, direction mon job que j'adore ! Je travaille dans la publicité mensongère. Je représente la France qui se bouge pour faire des sous. D'autant que la nuit, ne trouvant jamais le sommeil car tourmenté par un gigantesque tourbillon d'angoisses (malgré les quatre somnifères que j'ingurgite), je suis écrivain et scénariste pour une chaîne de télé.

L'âme criblée de balles, je roule, tout en esquivant les pluies de bastos provenant des habitants en colère qui manifestent contre l'insécurité (il y a comme un paradoxe).

Un bras et une jambe dépassent du coffre de la voiture de devant. J'en déduis que le conducteur ne supportait plus sa femme.

Ce qui me plaît le plus dans mon boulot c'est le pack *participer à une aventure humaine incroyable* (bon là ok j'hyperbolise un peu) +

participer à l'évolution de l'humanité + résoudre des problèmes => améliorer les conditions de vie sur Terre. Et le fait de me dire que j'aurai peut-être une augmentation de salaire me rend hyperactif (même si ça fait cinq ans que je l'attends).

Mon pneu crève. Je dois stationner sur la bande d'arrêt d'urgence. Je me sens maudit, je me sens étanche au facteur chance.

Je préviens mon patron, je lui présente mes excuses de retard. Pulvérisé par un sourire sarcastique, sa réponse m'étourdit: « Ne vous inquiétez pas pour ça, de toute façon, vous êtes viré ! » Il semble tout content de me dire ça. Il m'explique qu'il doit réaliser des réductions d'effectifs. Effectivement, il y a la crise, j'oubliais... De toute façon, je n'arrêtais pas de travailler plus, et pourtant je n'arrêtais pas de gagner moins... J'ai envie de m'exiler en Mongolie et faire de l'élevage.

Tout me tombe dessus aujourd'hui. Surtout la grêle actuellement. Je change ma roue, maintenant je ne suis plus pressé.

Je mets le cap sur le sud-est de la ville, dans ma voiture inondée.

Un groupe de gendarmes m'arrête :

« Bonjour m'sieur. Contrôle d'identité. » J'injecte de l'action et de l'humour dans mes paroles : « Désolé, mais quand j'ai brûlé le corps de votre collègue pour faire disparaître mes empreintes, mon portefeuille est tombé dans le feu.

-No problemo. On va procéder à l'étape 2 : fouille du coffre. » L'homme en bleu se dirige vers l'arrière de mon auto. Il lit à haute voix ce qu'il écrit sur son rapport : « Alors, vous êtes en détention d'un parc d'attractions de contrefaçon » (il est dingue, comment aurais-je pu faire loger une chose aussi éléphantesque dans mon véhicule ?) « De 48 clandestins non vaccinés contre la rubéole et le tétanos, de 28 sapeurs pompiers barcelonais, d'un caleçon Superman et d'une ex de Marilyn Manson.

-Vous êtes complètement allumé ?

-J'écris ce que je vois. Laissez-moi faire mon boulot, il est assez fatigant comme ça. Je vous l'accorde, je vois peut-être un peu flou, mais j'ai des circonstances atténuantes : je sors d'un apéro géant, un collègue devait payer sa tournée, je ne pouvais pas louper ça. »

3

Anosognosie

Je dispose d'un ordiphone fonctionnant à l'énergie solaire, donc qui ne tombe jamais en rade. Giovanni Kidorre, un ami d'enfance passionné par les nouvelles technologies, m'a installé et configuré un bouquet d'applications loufoques. En tant que hacker hyperpuissant, il travaille pour WikiLeaks, Hollywood Leaks et Anonymous. Sa devise, c'est : « L'imagination est un élément gratuit et extensible à l'infini, alors pourquoi ne pas en profiter ? »

Des diffuseurs d'odeurs et des haut-parleurs sont incrustés dans mon tee-shirt high tech. A l'aide de mon GSM je sélectionne la chanson ou le parfum que je souhaite diffuser.

L'équipe de Giovanni a conçu une

application permettant de filmer nos rêves. Il a breveté ce dispositif. Ainsi, je visionne les images et les sons de mes excursions psychiques de la nuit. Et si les films sont bien, je les mets en ligne sur internet. Des internautes du monde entier me les achètent en format Blu-Ray HD 3D. Ça garnit mon compte bancaire.

Roselyne, la mère de Giovanni, a une maladie neurodégénérative : elle souffre d'anosognosie (comme un ancien président français dont je tairai le nom pour éviter de finir mes jours asphyxié dans une toute petite pièce sans fenêtre). Ainsi elle est toc-toc, mais elle ne s'en rend pas compte. Pour elle, tout ce qu'elle dit est d'une logique irréfutable. Pourtant elle confond tout et tout le monde, les lieux, les dates, elle invente des situations ubuesques, pensant qu'il s'agit de son vécu, du réel. Elle m'appelle ou m'envoie des SMS très fréquemment pour me raconter des histoires absurdes. A peine a-t-elle ouvert la bouche, qu'elle m'a déjà retourné le cerveau. Elle mélange ce qu'elle voit à la télé avec la réalité. Cela donne un cocktail déjanté, comme vous pouvez le constater : « Bonjour Léo, je te souhaite de réussir ton opération chirurgicale. Vérifie que tu n'aies pas laissé ton portefeuille, ton portable, une seringue, un thermomètre, une aide-soignante, une secrétaire, un assistant, une ampoule à faible consommation d'énergie, un brancard dans le ventre de ta patiente avant de la refermer. C'est tellement fréquent dans cette clinique. D'autant que c'est une très bonne amie, donc fais attention. Et c'est surtout qu'elle doit me tricoter six pulls en laine avant l'hiver, donc il faut absolument qu'elle reste en vie pendant deux semaines au moins. Après elle fait ce qu'elle veut. »

Sur le chemin je vois une annonce d'une entreprise qui recherche un chroniqueur pour la chaîne de télé *Al Jazeera sport*, je les appelle illico.

La roue se met à tourner : ils acceptent de me rencontrer ! Je décroche un entretien d'embauche. Je ressens une explosion de motivation !

Seul hic : incident sur le métro.

Résultat : je mets trop de temps. Mon espoir s'effondre...

Je vais quand même vous raconter ce qu'il s'est passé dans le métro :

Je rentre dans une rame, bondée comme toutes les autres.

Une femme se coupe les ongles sur mes pieds ; deux jeunes gens racontent leur week-end avec un volume sonore assourdissant et en postillonnant excessivement sur mon costar tout beau tout neuf ; un jeune homme dénommé Moundir, une force de la nature, crache sur mes chaussures terriblement bien cirées, histoire de faire le caïd ; une jeune femme se récure le nez et dépose les débris sous son siège, la barre, la porte et ma veste. Une grappe de jeunes rigole en m'observant. Ai-je gardé mon pyjama et mes chaussons Winnie l'Ourson ? Non, je crois plutôt que c'est parce que j'ai fait un fashion faux-pas : mon nœud pap' club rose fluo n'est pas assorti avec le reste.

Sur mon portable je dispose d'une application permettant de dessiner sur la peau des tatouages électroniques. Je peux changer de motifs à volonté. Je sélectionne sur mon cellular les inscriptions *Force et Honneur* que je place sur la nuque, un tigre crachant du feu et des cicatrices factices. Tout cela dans le but de me donner un côté *dur à cuire*.

Ça y est, je suis arrivé à l'arrêt. Voyant que je me dirige vers la sortie, Moundir s'interpose d'un ton aussi persuasif qu'agressif : « Non, moi je ne veux pas que tu sortes ici !

-Que ça vous plaise ou non monsieur, c'est ici que je dois sortir.

-J'ai dit que tu ne passerais pas ! C'est moi qui décide ici. C'est clair ? »

Je sens la testostérone monter. Si je n'avais pas mal à la cheville (entre autres), je lui aurais montré ce que c'est qu'un homme, un vrai.

Une idée aussi lumineuse que la couleur argentée du AK-47 qu'il dégaine me traverse allègrement l'esprit : à l'aide d'une application adaptée, j'écris une sorte de SMS et l'envoie aux haut-parleurs du wagon : « Nous venons de trouver une bombe dans ce train. Veuillez sortir doucement. Aucun passager ne doit rester à bord, le temps que nos agents se chargent du déminage. Merci de votre coopération ». Toute la peuplade s'empresse de gagner les escalators. Même Moundir avec qui j'ai failli en venir aux mains. Bien sûr le temps que j'écrive le message, le métro était arrivé à la station suivante.

A peine ai-je regagné l'air libre, qu'un skinhead culturiste me jette d'un ton à en faire pâlir un Malgache : « Pourquoi tu me regardes toi ? Le clash on va éviter, sinon de balles ton corps sera criblé». Mais laissez-moi manger ma banane. J'ai dû accélérer le pas. La haine de l'autre n'est jamais qu'une haine de soi-même déguisée.

Je navigue parmi des pitbulls déguisés en hommes. J'esquive les pics négatifs.

Je m'engage dans une allée goudronnée d'où se dégage une odeur pestilentielle. La police a dû se débarrasser des cadavres de cette nuit dans les poubelles et rivières.

Je suis interloqué par un citoyen au t-shirt brodé : *I love Al-Qaïda. Oussama, on t'aime ! Tu resteras à jamais dans nos cœurs meurtris par ton absence. Tu nous manques terriblement. J'espère que c'était un canular, et que tu prépares ton retour.*

Comme vous pouvez vous en douter, cette personne se fait lyncher toutes les minutes et vingt-cinq secondes (pour les plus tatillons d'entre vous).

Tout en esquivant des bombes lacrymogènes lancées par un passant furieux car sa belle l'a délaissé, je passe à côté de gens mal dans leur peau, aigris, complexés, frustrés, lunatiques, paranoïaques, envieux, méchants, violents, matérialistes, jamais rassasiés de ce qu'ils possèdent, égoïstes, narcissiques, toxiques, hystériques, agressifs, neurasthéniques, négatifs, pessimistes, casse-pieds, râleurs, grincheux. Ils sont prisonniers de leur instinct animal, leur ego et leurs préjugés, ils manquent de dédramatisation, tolérance, lâcher prise et ouverture d'esprit. Cette société ultra-individualiste me donne envie de me reconvertir en ermite bouddhiste et planter une tente high tech au milieu de la nature népalaise.

SMS de Roselyne : « J'ai trouvé une grue dans mon oreille gauche et un hélicoptère dans mon oreille droite. Ça me fait ça dès que je mange de la soupe au chou anticoagulante. » Plutôt atypiques comme repas et comme réaction allergique.

Un homme barbu adresse à son berger allemand : « Chabal, attaque ! » Et une minute quarante plus tard : « Oh mince, il a décapité la dame. Chabal, c'était de l'humour voyons. Je voulais juste voir la réaction apeurée de cette femme. J'espère que les caméras de surveillance qu'ils ont installées dans toutes les rues n'ont pas enregistré mon visage. Tiens, je vais regarder dans les poches de la madame, elle a peut-être de l'argent. »

Un riverain répond à son portable : « Je braque une dernière banque et j'arrive. Attendez-moi pour le dessert. »

Je fais coucou et des bisous aux jaloux qui se la jouent et qui me mettent des sabres dans les roues.

Une bataille géante de polochons a éclaté, ainsi qu'un combat de pistolets à eau et un flash mob.

Je marche au ralenti. Je sens que sur moi toutes les pupilles dilatées sont braquées.

Je suis fatigué de préciser à chaque individu que je croise, totalement subjugué par mes mouvements, qu'il n'y a absolument aucun effet spécial, que c'est juste une histoire de charisme bien dosé. Des groupies courent après moi.

Bref, j'ai visionné un des rêves que j'ai fait cette nuit.

4

Opération séduction

Animé d'une forme olympique, je presse le pas et esquive les gouttes de pluie (enfin du moins j'essaye). J'accueille avec frénésie la fraîcheur de l'instant présent.

Je m'installe sur un banc protégé par un toit et lis les derniers e-books de développement personnel et psychologie pour être à la pointe de l'évolution humaine.

Ensuite je lis le journal. Un homme a été renversé par un véhicule de la police : « Le piéton avait 46g d'alcool dans le sang, des écouteurs sur ses oreilles, rédigeait un SMS dans la main gauche et jouait à la PSP dans la main droite, tout en traversant ; alors que le véhicule des forces de l'ordre circulait à une vitesse convenable » selon les autorités. « La voiture de police roulait à 200 km/h à contresens, le conducteur remplissait des grilles de sudoku ; quant au piéton, il n'avait rien à se reprocher » selon les passants.

J'ai mal à la nuque. Tiens, je vais regarder sur le forum de doctissimo. Alors d'après eux, je serais atteint d'un trouble de la personnalité aigu, couplé à un manque de confiance en moi.

Un homme en pyjama (souffrant sans doute de schizophrénie paranoïde, par exemple) coupe, à l'aide d'une scie, une cheville de toutes les personnes qu'il croise. C'est son Toc. Certains se lavent les mains trente-six fois par heure, lui, il sectionne trente-six pieds par heure. Chacun ses goûts. Je ne juge personne.

Son regard percute le mien d'une violence cyclonique. Sms de Giovanni : « J'ai un logiciel qui m'alerte que tu as peur. Qu'en est-il ? » Je n'ai pas le temps de lui répondre.

Je dispose d'une appli qui me permet de communiquer avec les objets. De cette manière j'envoie un SMS aux mocassins du découpeur d'organes : soumis à mes ordres, ils se dirigent vers un lac.

Cependant le quidam parvient à enlever ses chaussures à temps, et met le cap en ma direction.

J'ai une idée. Je navigue dans le dossier *Wizard applis* qui propose de jeter des sortilèges à des personnes. Je sélectionne l'option *Crazy*. Soudain l'homme aux pieds nus se met à se taper la tête contre les murs de tous les bâtiments de la ville. Ça le fait rire en plus.

Tandis qu'un groupe de personnes aux origines siciliennes actionne l'explosion d'une bombe sur le parking de leur ancien employeur, pour protester contre la vague de licenciements qu'il a orchestré, je scrute l'environnement.

Il faut que je me trouve une petite amie, comme ça, ça, ce sera fait. A peine ai-je eu le temps de finir ma phrase, que mes pupilles embrassent un prototype féminin éco-conçu dont la structure corporelle est juste à couper le souffle. Groovy et colorée est son allure. Son visage est si étincelant que je soumets l'hypothèse farfelue qu'elle a dissimulée des guirlandes de Noël sous sa peau. Ou alors elle s'est injectée du botox à base de poussières d'étoiles filantes dans son épiderme facial.

Je lui expose un énorme sourire, pour me donner de la prestance, et pour faire croire que j'ai confiance en moi.

D'après ses pupilles éblouies, je donne l'image d'un mec hyper fort, débordant d'amour et de lumière, doté d'une classe intersidérale et d'une force herculéenne. Avec clarté mentale, pouvoir d'attraction de la gente féminine maîtrisé et charisme hypertrophié, je me risque à lui prendre la main. Au vu de sa réponse, je me rends compte qu'elle fixait avec admiration le type qui se trouvait derrière moi.

Je ne baisse pas les bras : énergique et déterminé, j'ouvre un programme de discussion instantanée. On met des mots sur les images de la vie. En lisant entre les lignes de ses rimes subtiles, je remarque un phrasé au second degré, bien acéré, bien mariné, bien aiguisé, en 3D, en 3G, en HD. Notre penchant pour jongler avec les mots, c'est la prise par laquelle le courant passe entre nous deux. Le concentré d'énergies positives à l'état pur me pose des questions, à en faire réfléchir un fainéant. Mes oreilles sont accrochées à sa voix d'opéra. Elle me sonde : « Tu boîtes ?

-Oui, c'est parce que ce ne sont pas mes vraies jambes. Je les ai empruntées à un ami qui n'en avait pas besoin aujourd'hui. C'est son jour de repos. » Quand j'étais petit, je me suis fait amputer après avoir reçu deux balles perdues sur la jambe gauche alors que je rentrais tranquillement de l'école. Deux gangs s'affrontaient à balles réelles. J'étais au mauvais endroit au mauvais moment (comme à peu près tous les jours d'ailleurs).

Je reste dans son sillage fendant la foule dense. Pendant qu'elle feuillète les souvenirs de sa vie entachée de pêchés, je manie les mots comme une épée, je lui raconte des épopées en caméra embarquée. Ma langue déborde de vitalité, à en faire tomber son dentier. J'aromatise mes discours aux extraits naturels d'héroïsme.

Cette fille est toujours de bonne humeur. Elle prend tout avec relativisation et optimisme. Par exemple, pour elle, la malnutrition n'existe pas, ce sont juste des gens qui n'ont pas beaucoup d'appétit ; les SDF n'existent pas, ce sont seulement des individus qui ne supportent pas les endroits clos, qui aiment prendre l'air et avoir de la compagnie. D'après elle tout est beau : il suffit de changer d'angle de vue pour apercevoir la magnificence de toute personne ou chose.

Je lui assène dans l'oreille : « Et sinon à part ça, il y aurait possibilité d'avoir ton 07 ? » Elle tire la tête d'un patron à qui tu demandes de la rallonge. C'est trop demandé je crois.

Tandis que des familles se défenestrent parce que leur pouvoir d'achat a fugué de leur porte-monnaie, elle me confie qu'elle se sent ballonnée et boudinée dans sa robe, et qu'elle a des flatulences à cause de son dernier repas qui contenait trop de fibres. Ça casse le mythe de la princesse, à mon grand désarroi.

SMS de Roselyne : « J'ai mis de l'arthrose dans mon flan, ça ajoute une touche d'aventure gustative, c'est un délice suprême ! »

Aux côtés de ma nouvelle proie, je m'assois à la terrasse d'un café. Agressé par une générosité intersidérale, je prévois de payer ma tournée. Dès que je dépense de l'argent, ça me fait mal au dos. Je commande deux caïpirinhas (un cocktail brésilien à base d'eau de vie, canne à sucre et citron vert). Je joue la carte de l'exotisme en plein lundi.

Des éloges sur ma personnalité s'extirpent de sa gorge, entre deux hoquets assourdissants.

Je glisse ma main dans ses cheveux... gras. Je pars me laver les mains.

Alors qu'elle éternue, un mille pattes et une chenille sont propulsés par ses narines. Charmant. J'avais faim moi ? Non non. Voyant que ma gazelle se rend aux WCs (sûrement pour régurgiter ses boissons), la femme de ménage (autre que Nafissatou Diallo) l'avertit : « Hé mademoiselle, faites attention aux ragondins qui sortent de la cuvette, on en a trouvé des centaines en à peine une semaine. J'en ai assez d'euthanasier les clients parce qu'ils ont attrapé la rage, vous comprenez. Donc si vous pouviez faire des saltos pour les esquiver, ce serait très aimable de votre part. D'un côté votre propre vie est en jeu, alors vous avez tout intérêt. »

Pendant que mes synapses se font des passes de neurones, je slame à la serveuse, que j'essaie de draguer depuis cinq ans qui plus est : « C'est déstabilisant, j'entends des chants d'oiseaux lorsque vous me parlez. Votre voix est délicieuse, sincèrement.

-Merci, mais je n'ai pas encore parlé.

-Je m'en bats les steaks. De plus, votre beauté est éblouissante. Je crois que vous avez avalé le soleil par inadvertance, vous rayonnez. Tenez, retournez-vous, et voyez de vous-même : même votre ombre est lumineuse ! » Et elle se retourne en plus ! Quelle idiote, qui peut croire des sornettes pareilles ?

Après une violente crise d'angoisse (ça me fait ça dès qu'on me demande de payer, c'est une maladie psychosomatique), je me relève et insère courageusement ma carte bleue dans l'appareil.

Arf, elle ne passe pas. J'ai dû me faire hacker ce matin. Cet incident annihile la beauté du discours dont je me suis pris la tête à inventer. Tanpis, je lui signe un chèque en bois pour la peine.

Benjy, un ami, m'aperçoit depuis sa table : « Hey le loser ! Alors on ne dit plus bonjour à

Oncle Ben ? Au fait je te présente Chris, c'est, je prends ma respiration : le frère jumeau du petit ami de la sœur du fils au père de la copine de la nièce à la cousine de l'oncle de Snoop Doggy Dogg. (Je ne vous cache pas que j'ai du mal à suivre.)

-Salam alikoum mes frères.

-Débile, débile, débile. » M'adresse Chris en me serrant la main. Je m'interloque: « C'est un peu l'asile ici, non ?

-Vous ne me le faites pas dire » me confirme la serveuse. Mais Oncle Ben défend son image avec conviction : « Faux ! Nous sommes des esprits sains dans des corps sains, des adeptes du manger bouger. C'est la Saint-Patrick, donc il a mangé liquide, ce qui explique son état modifié de conscience actuel. Il est dans un état tertiaire.

-*I like you move it, move it. I like you... move it !* » Hoquète Chris, terriblement euphorique.

-Je vois ça.

-Hé, mais il parle de moi là ! Ma parole, je vais sortir mon marteau piqueur et je vais transposer sur sa silhouette une scène de Saw ! » Je pars de ce pas. En plus comme ça j'échappe à la fille trashy.

SMS de Roselyne : « Je bois un verre d'acier fondu à ta santé. »

Mon ordiphone me permet de donner vie à une image. Cette application révolutionnaire a été conçue par la troupe de Giovanni, qui a déjà déposé près de deux cents brevets en tous genres, principalement dans la branche électronique/automatique. Pour le moment douze illustrations interactives sont disponibles sur *Avatar Messenger* (réseau crypté de création d'avatars et de messagerie), où seuls Giovanni, cinq de ses collègues et trois de ses amis dont moi pouvons y accéder.

De cette manière, je place le curseur sur la photo d'un taureau. Celui-ci se matérialise sur le macadam devant mes yeux béants. Une fois le temps de chargement terminé, celui-ci déambule dans le centre-ville.

Aussi, je dispose du pouvoir de lui donner des ordres. Ainsi, j'envoie au protagoniste des messages (sous la forme de SMS), et le logiciel transforme le texte en commandes psychiques et physiques, via un langage binaire ultrasophistiqué. Les personnages ainsi créés sont des êtres bioniques qui prennent l'apparence d'êtres vivants.

J'ordonne au taureau fou de poursuivre des gens, cela m'amuse de voir leurs réactions effrayées et les voir courir comme des détraqués.

L'animal devient mon garde du corps contre les assauts d'oreillers et les geysers d'eau pulvérisés par les cosmopolitains enivrés par le jeu.

SMS de Roselyne : « Cette nuit, alors que je ne trouvais pas le sommeil, j'ai trouvé dans mon lit des pieuvres, des méduses, des calamars, une barrière de corail, une baleine à bosse, le Clémenceau, le Nautilus, une armée de thons rouges : je te soupçonne d'avoir placé un océan dans ma chambre. » Comment aurais-je pu faire ?

Une autre application sur mon webphone me permet d'accéder aux pensées des individus que je croise. Le logiciel traduit les expressions faciales et corporelles en données verbales.

De cette façon je découvre le monologue intérieur d'une jeune femme se déplaçant à ma gauche : « Dans quelques pas le dernier sac Gucci m'appartiendra ! Tous les gens vont se défenestrer, tellement ils seront jaloux. Les jaloux vont encore maigrir. La haine que je suscite est à la hauteur des jalousies que je provoque. Il m'énerve le type qui marche à ma droite. Qu'est-ce qu'il veut le kéké des plaines ? C'est un déséquilibré, il a des troubles du comportement. Il m'adresse un regard à me faire douter si je me suis coiffée et maquillée avant de sortir. Il est bizarre, il me regarde comme s'il essayait de déchiffrer mes pensées, il a cru qu'il était mentaliste ou quoi ? Il doit être le petit-fils caché de Goldorak. Il a des fous rires en regardant son portable. Il a une dégénérescence nerveuse ? Il a une tête de misogyne. J'ai envie de la lui couper et l'insérer dans mon ballon de baudruche à propulsion hydro-saccadée. » Je préfère changer de trottoir, des fois qu'elle aurait de la suite dans les idées.

Un gang de retraités attaque des magasins. Bien que freinés par leur arthrose, ils frappent les vitrines avec leur canne, dévalisent les rayons, mettent des comprimés de Mediator dans la bouche des caissiers et des vigiles pour les étouffer et ainsi partir sans payer.

Plutôt que d'intervenir sur cette agression, des policiers arrêtent leur véhicule à ma hauteur : « Vous allez bien m'sieur ?

-Pourquoi ça n'irait pas ? Vous avez posé un couvre-feu à dix heures du matin ?

-Je ne sais pas, vous avez l'air de marcher sans but. Vous semblez trop honnête, trop gentil, trop sincère pour être normal, comme si vous vouliez cacher votre vraie nature. Vous n'avez vraiment pas l'air bien.

-Je dois avouer que...

-Enregistre Francis, le petit bonhomme va avouer ses méfaits.

-Rien à voir : je dois avouer que depuis que j'ai vu un reportage sur les bavures, j'ai développé une phobie des *cops*. Par conséquent cela ne me rassure pas de parler avec vous.

-Oh Francis, regarde l'expression de son visage ! On dirait qu'il a peur de payer l'amende que je vais lui donner pour outrage à agent. Ahah ! Vous avez vos papiers m'sieur ?

-Eh non, je les ai oubliés dans ma voiture. En plus je l'ai brulée, comme je l'avais volée, pour effacer les traces, vous comprenez. Enfin, je ne vais pas vous expliquer votre métier.

-D'accord. Vous boitez m'sieur ? Pourquoi ?

-Oui, c'est parce que j'ai trop de billets dans les poches. Ça me déséquilibre vous comprenez. En plus c'est de l'argent sale. Veuillez m'excuser, je suis pressé. Je dois aller donner à manger à la jeune fille que je séquestre depuis seize mois. Elle doit être affamée depuis le temps, sauf si elle est décédée. Ou peut-être s'est-elle mangée elle-même ? L'instinct de survie peut pousser au cannibalisme. Vous avez une adresse mail pour que je vous envoie les photos ? Car ça s'annonce gore !

-Elle est jolie ? Comment s'appelle-t-elle ?

Grenadine, ça lui irait bien. Quel âge a-telle ? Peut-on la voir ?

-Je l'ai déposée dans une benne à ordures à trois jets d'œil.

-Très bien. Vous faites quoi dans la vie ?

-Oh, rien de sensationnel, j'ai un pied dans le grand banditisme, un dans le proxénétisme, et enfin le dernier dans la vente illégale de stupéfiants. Mais je n'ai pas eu le temps de faire grand chose, je me suis évadé de prison hier midi seulement.

-Quoi ! Vous avez trois pieds ? Écoutez, nous sommes à la recherche d'une joggeuse disparue depuis hier. Vous n'auriez pas d'indices à nous donner par rapport à cette affaire ?

-Si, je l'ai bâillonnée, étranglée et noyée dans un lac, elle m'énervait à courir plus vite que moi. Et je n'appréciais ni sa philosophie de vie, ni son parfum que je jugeais has been. Et puis elle avait des baskets plus performantes que les miennes, donc j'étais obligé de les mettre à mes pieds.

-D'accord. Vous avez bien fait. Sinon rien à signaler dans le quartier, dans votre vie ?

-Si, je suis schizophrène, psychopathe, je me drogue et me saoule en grandes quantités. Comme tout le monde quoi.

-Ok, donc rien d'anormal. Et là vous allez

où ?

-J'ai vu une Rolex sur le poignet du papy qui cambriole le magasin de prêt-à-porter de luxe, juste en face de vous, vous voyez. Je pense qu'elle m'irait bien, donc je vais lui emprunter pacifiquement pour une durée illimitée.

-Pas de problème, chacun fait sa vie. Par contre pourriez-vous remplir ce papier et payer l'amende ?

-Mais c'est un formulaire de grand excès de vitesse, alors que je me déplace à pied.

-Je n'ai trouvé que ça en fiche. Et puis vous n'allez pas chipoter, ce n'est pas tellement plus cher qu'une amende classique, ça se joue à 500€ près.

-Désolé je n'ai pas le temps, je dois effectuer une course en *Go Fast*. Je dois avoir terminé ma livraison avant minuit.

-Vous savez que je ne fais pas ça pour vous embêter, c'est juste pour atteindre le quota journalier et ainsi finir ma journée et recevoir une belle prime. Ça va bientôt faire trois heures que je travaille non stop, moi je ne suis pas habitué à me concentrer pendant autant de temps, vous savez, je ne suis qu'un fonctionnaire. Si je dépasse les trois heures quotidiennes, je vais devoir aller voir mon médecin traitant et me faire arrêter pour surmenage. Ce serait triste pour la

Sécurité Sociale et pour vous qui paieriez mes indemnités. Au fait j'ai oublié de vous questionner : avez-vous vos papiers ?

-Hé non, figurez-vous que quand j'ai assassiné le couple *Hellington* dans la villa hier soir, mon doberman a dévoré leurs fémurs, reins, cubitus, dentiers, perruques, pellicules, poux, mycoses, poumons, thorax, yeux et **surtout mon portefeuille**.

-Ok, pas de souci. Vous pouvez circuler m'sieur. Merci de votre coopération. Vous voyez que les policiers ne sont pas si idiots et belliqueux que ça. Il faut faire tomber les idées toutes faites. La journée est enfin terminée. Je suis exténué. J'ai le cerveau en miettes à force de réfléchir intensément. Je suis presque en week-end et on n'est que lundi. Elle n'est pas belle la vie Francis, franchement ?

-Oui chef.» répond avec prudence et jovialité forcée la nouvelle recrue.

5

Dans le parc

Roselyne m'envoie un SMS : « Salut Cadel, c'est Evans. J'ai trouvé des vers de terre dans mes oreilles. Il serait temps que je les nettoie. »

J'aperçois un ami :

Leon, fada de mécanique, déambule sur la voie publique.
Il traque des prototypes atypiques, en roulant des mécaniques.
Il explore leurs caractéristiques techniques.
Malgré la canicule, il garde la tête froide.
A la recherche d'une naïade libre, il avance en roue libre.
En Seat, il aimerait l'emmener à Ibiza.
Sur une Ford ils feraient la fiesta.
Ils joueraient au golf, au saxo, histoire de

faire un break.

Sa vue dérape sur une concept-girl dont la carrosserie le captive.
Des yeux gris métallisés, une voix métallique, une ligne sportive.
Des cheveux teintés, des oreilles chromées de bijoux.
Ça démarre sur les chapeaux de roues.
Il a eu un coup de cœur pour son habillage extérieur.
Il passe à la vitesse supérieure.
Il lui demande son numéro de portable,
En l'imaginant à ses côtés dans sa décapotable.
Il aimerait une conduite accompagnée,
Mais ça risque d'être compliqué : elle respecte une immense distance de sécurité.
Il découvre avec désolation, qu'elle n'a pas souscris à l'option compassion.
Elle l'éconduit. Il nage dans le cambouis.
Son refus, son répondant le plongent dans le néant.
Elle lui pulvérise du liquide de refroidissement, à en glacer ses 5 litres de sang.
Finalement, il donne un coup d'essuie-glace, et de sa vision il l'efface.

Une déesse s'échappe d'une Citroën DS-3.
Il réalise un focus sur ses jantes. Je veux dire, sur ses jambes.
Elle décoche une voix surpuissante, elle a du coffre.
Y' a des chevaux sous le capot !
Il aurait besoin d'un coup de piston pour qu'elle accepte sa proposition.
Hélas elle lui pose une déviation.
Il cale, c'est la contravention.
Il la trouve froide, comme un diesel à l'allumage.
Elle se braque, dès le démarrage.
Elle le trouve minable, ils se séparent à l'amiable.
Il pète une durite. Il change sa ligne de conduite.

Une citadine surgit dans l'angle mort.
Il brûle le pavé pour la rattraper.
Baptisée Logan, cette Roumaine dispose d'une motricité exemplaire, d'un dynamisme hors pair, et d'un filtre à air dans la bouche.
La finition est étincelante, de la tête aux babouches.
Il trouve une excuse qui tient la route.
Il se prend la tête pour sortir les plus belles

vannes, mais le sens de l'humour de la belle est en panne.
L'interaction finit en queue de poisson.
C'est dommage, elle avait des yeux xénon.

Il change d'itinéraire. Il embraye sur une femme tout-terrain.
Elle repose sur une plate-forme de Miss Univers.
Seul hic : elle a une vanité montée sur suspension hydraulique.
Il n'est pas trop client, ça devient problématique. La suite est dramatique.
Il perd les pédales, comme c'est pas permis.
A point son copain arrive, pour lui casser les gencives. C'est le crash-test.
Son euphorie s'estompe. Il a un coup de pompe.

{Sur Youtube, tapez : '10trayant PimpMyLady'}

SMS de Roselyne : « J'ai trouvé un bison dans le micro-ondes ! Que dois-je faire ? »

Je décide de prendre l'avion pour voir ma famille, et me remonter le moral. Pas de bol, aucun vol, à cause d'un soi-disant nuage de cendres. Ils ont une sacrée imagination ! J'en ai assez d'être humain, j'ai envie de me réincarner en aigle royal, en cobra royal.

Je dis bonjour à tout le monde, mais personne ne me répond. Je vois tout le monde, mais personne ne me voit. Erreur ! Un cambrioleur en roller saute d'un pickup et intercepte, tel un pickpocket, mon sac à dos. La mise en scène est hollywoodienne ! Je suis en mode François Pignon.

Dans une allée, je vois des produits qui m'intéressent. Je négocie les prix, quand soudain un serpent à sonnette sort de la manche du vendeur à la sauvette. J'ai vu toute ma vie défiler !

J'entre dans un parc pour m'aérer.

Un groupe de jeunes s'approche. Apparemment ils me prennent pour un autre. Je dois avoir un sosie qui a un faible pour provoquer les groupes de six catcheurs hypertestostéronés. Cinq minutes plus tard, j'ai perdu mes faux cheveux, mes faux sourcils, mes vêtements, des liasses de biftons. Mais j'ai gagné des bleus, des balafres, des fractures... C'est cool la vie ! Abus de faiblesse. Ils ont toutefois eu la politesse de me laisser les clés de voiture, de l'appartement et mon portable.

Dans l'optique de récupérer des vêtements

(car traverser la ville en caleçon ne me tente pas plus que ça), je me cache derrière un buisson et guette le moment décisif, à l'affût d'une victime potentielle.

Deux minutes et demie plus tard, ma vue intercepte une silhouette attaquable. *Let's go !* Je saute sur ma proie.

Pas de bol : elle promène un molosse qu'elle détache aussitôt pour qu'il la protège. Je cours à m'en rompre les poumons, jusqu'à atteindre un arbre que j'escalade afin de prendre de la hauteur face aux événements. Je suis désormais inaccessible par le chien qui aboie à m'en rendre sourd.

Une solution se dessine dans l'air pollué : je progresse le long d'une grosse branche, et saute de l'arbre pour atterrir sur le trottoir. La clôture du parc me sépare de mon agresseur : je suis désormais en sécurité. Mais je suis toujours en caleçon-chaussettes. Tout le monde s'éloigne de moi, comme s'il y avait les inscriptions *Dangereux criminel fraîchement sorti de prison* sur mon front, éclairées par des néons à LED. Je me dis que le ridicule ne tue pas. Et ce qui ne te tue pas te rend plus fort. J'enclenche mon téléphone nouvelle génération sur l'option *Taser* que Giovanni m'avait installée. Je m'approche d'un passant par derrière (je joue à

GTA/Hitman/Splinter Cell grandeur nature), et lui donne une impulsion électrique sur sa nuque. Pendant que sa moelle épinière est électrifiée, j'enfile ses vêtements sur mon corps. Je redeviens normal aux yeux des gens.

Roselyne m'appelle : « Bonjour Gérard, c'est Mlle Depardieu. Combien dois-je mettre de vecteurs, bambous et ciment dans une soupe aux légumes déjà ? » Son état ne s'arrange pas, hélas. On devrait peut-être l'envoyer dans un centre spécialisé ?

Je m'allonge sur l'herbe. Néanmoins une substance liquide me chatouille le dos : des choses moins marrantes camouflées par le gazon salissent et font empester mes nouveaux habits : des excréments canins tout chauds. Je persiste à dire : c'est cool la vie !

6

Paris Hilton

Un gendarme dont l'uniforme et les yeux sont couleur *bleu gyrophare* s'adresse à un individu comme vous et moi : « Bonjour m'sieur. Vous êtes un sans-papiers ?

-Oui.

-On vous embarque alors. » L'officier sort, le frappe et le menotte. « Non mais c'était une blague. Doucement. Si vous pouviez arrêter de me sectionner les veines et la jugulaire avec votre matraque électrique, ce serait sympa. »

Trois ados de 14 ans à peu près interpellent énergiquement une jeune fille : « Donne tout ce que tu as ! Dépêche-toi ! » Ils la braquent avec un couteau suisse.

Je ne peux pas regarder la scène

passivement, ce n'est pas dans mon tempérament. Par conséquent, je pioche dans mon réservoir de mauvais sorts l'option *Tree of Life* : les bras des malfrats se transforment en baobabs ! Ils ne parviennent plus à attraper leur couteau et sont trop lourds pour la rattraper au sprint. Voilà comment je participe à la justice dans le monde.

Une fashionista à la coiffure bling bling m'adresse la parole : « Regarde-moi bien, prends-moi en photo, parle avec moi, je suis rare. Des femmes comme moi, on n'en fait plus. »

Avec humilité, je rentre à mon appartement. « Vous êtes un gag à vous tout seul ! » me siffle une voisine (autre que K-Reen). Je crois qu'elle n'apprécie pas mon look. Elle m'insulte aussi copieusement que gratuitement. Tanpis, je ne suis pas là pour être aimé. Comme dit Marcel Arland : « il faut juger un homme à son enfer. » Il y a des gens, on aimerait les jeter à la poubelle, tellement ils ne connaissent pas le respect. Après, c'est juste une idée, vous faites ce que vous voulez.

Ah tiens, c'est étrange, certains de mes objets se sont volatilisés : ma brosse à dent électrique V12 triple action à tourbillon synchronisé ; mon shaker à turboréacteur compressé ; ma cuvette de WC autonettoyante à flux asynchrone avec antigel et désodorisant incorporés ; un paquet de chewing-gums au cassis ; un sachet de soupe ; une salade de tomates que Loana avait préparée hier soir ; et enfin un album de Hugh Laurie. Ils n'ont même pas emporté ma tablette numérique. C'est un cambriolage pour le moins sélectif.

Et ils ont déposé une robe de mariée dans un placard ; un paquet de chewing-gums au fromage de chèvre ; un album de Miley Cyrus ; ainsi qu'une statue de cire de Cameron Diaz. Étrange.

Un mot a été laissé sur la table de la cuisine : *Mandat de perquisition. Objet : les autorités vous soupçonnent d'être impliqué dans l'affaire du triple meurtre contre la famille Benillouche. Mais non imbécile, bien sûr qu'on est des voleurs ! Lol.*

Je maîtrise mon humeur, malgré les désagréments de la vie...

Toc-toc. J'ouvre la porte. Trois hommes en bleu : « Bonjour, police nationale. Je me présente : Baboulinet, officier hautement gradé et chef de cette unité spéciale. » Il se la jouerait presque. Il continue : « Nous recherchons le chihuahua de Paris Hilton. Un budget exceptionnel a été débloqué par les autorités. Des hélicoptères survolent les villes alors que les officiers au sol fouillent les habitations dans un périmètre de 100km. Nous allons donc procéder à l'inspection approfondie de votre lieu de vie.

-Faites votre travail.

-Pourquoi avez-vous les mains noirs ? Vous avez manipulé de l'argent sale ?

-Absolument pas, c'est du cambouis. J'ai dû changer ma roue ce matin.

-Pourquoi donc ? Quelqu'un vous a tiré dessus ?

-Non.

-Vous êtes mêlé à une affaire quelconque de transport de produits illicites, blanchiment d'argent, extorsion de fonds ? Vous trafiquez, forcément ?

-Non. Ça arrive à tout le monde de crever.

-Qu'est-ce que c'est que cette lettre ? *(celle sur Benillouche)*

-C'est... une plaisanterie d'un ami.

-Je la prends, j'examinerai l'écriture afin d'établir le profil psychologique de l'auteur. Pourquoi possédez-vous un koala et une poupée taille réelle de Cameron Diaz ?

-C'est une blague.

-Encore ! Votre ami a un sens de l'humour bien à lui. Je lui enverrai un carton d'invitation pour une garde à vue. Puis-je vous emprunter l'album de Miley Cyrus ? J'adore cette chanteuse !

-Oh que oui, vous pouvez. Il n'est pas à moi de toute façon.

-Comment ça, vous l'avez volé ?

-Pas du tout, il est à ma femme. Enfin mon ex-femme.

-Cette histoire est louche. Et elle est où, cette pauvre dame ?

-A l'hôpital.

-Quoi ? Vous l'avez tapée ?

-Non, c'est elle qui tapait... des colères quand j'oubliais son anniversaire ou la Saint-Valentin.

-Si votre femme écoute Miley Cyrus, cela signifie irréfutablement qu'elle aime les sushis, les endives, les randonnées pédestres, jouer au Monopoly en famille, que ses parents sont divorcés, qu'elle s'habille en vert/jaune le mardi et en jaune/blanc tous les autres jours, qu'elle vote pour les démocrates, que les pâtes à la carbonara constituent son plat favori, et surtout qu'elle aime les chihuahuas ! Hum, intéressant pour l'enquête. Alphonse, tu notes tout, hein. On est probablement sur une piste. On va l'avoir la prime *Wanted*, je te le dis ! »

Paulo Junior, mon perroquet, se met à geindre, pile quand il ne faut pas : « Mon maître me maltraite. Il me donne des coups de barre à mine dès que je piaille. D'autre part, je ne mange pas à ma faim et il m'interdit de faire de l'exercice. » Weston, un ami, lui avait appris ces palabres. Je suis vert contre lui.

Une voix ultra-enthousiaste rugit du talkie-walkie de Baboulinet : « Eh les gars, Gérard paye sa tournée ! Venez vite ! » Des étincelles de pur bonheur s'animent dans leurs pupilles, et de la salive dégouline de leur bouche.

Baboulinet me regarde droit dans les yeux pour m'annoncer d'un ton grave et solennel : « Nous avons une affaire urgente de la plus haute importance à régler, nous devons disposer. Mais nous repasserons plus tard. Ce n'est pas très net tout ça. Pas demain parce qu'on organise une journée spéciale *Best of Dallas et Walker Texas Ranger* au poste, ni après-demain parce qu'il y a des épisodes de *Columbo* rediffusés. A bientôt et bon courage pour cette épreuve. La vie est loin d'être simple. Surtout pour nous qui effectuons un métier difficile. A part quand on bizute les pauvres citoyens sans défense, là je me régale, ça me défoule. »

J'ai besoin de faire le vide dans ma tête. Boule à zéro, moral à zéro, je pars faire une course sur sentiers battus avec obstacles naturels, un cross. De cette façon mon organisme sécrètera naturellement des endorphines, molécules créatrices de bien-être. Pas cher le bonheur ;-).

D'un geste aussi furtif que festif, je décoche mon webphone et appelle Nelly. Tout le monde l'appelle Big Mac, parce qu'il est un peu enveloppé. Lui sa particularité, c'est qu'à chaque fois qu'il se fait un nouvel ami, il s'amourache de sa sœur ! C'est un Toc. Ce type, il trompe même ses ex.

Sa voix jazzy retentit : « Eh nigga ! What's the fuck today ?

-Ça te dirait de faire un footing ? Ça vide la tête.

-T'inquiète man, la mienne est déjà vide, donc je n'ai pas besoin de faire de sport. » C'est une autre façon de voir la vie. J'ai une idée : « C'est dommage, il y a des centaines de filles célibataires extrêmement jolies.

-J'arrive. »

Avec lui et d'autres proches, on a créé *O (paix) rationnel*, une organisation terroriste positive qui œuvre pour la paix et le bonheur de tous.

Le mois dernier, lors d'une journée spéciale, on a lancé des grenades à gaz hilarant sur la population dans plusieurs points clés de la ville : transports en commun, quartiers chauds. On a reçu un feedback très positif de cette journée.

En ce moment on travaille sur un projet consistant à injecter dans l'eau courante des habitations de la ville des molécules qui stimulent les zones cérébrales dédiées à la tolérance et au bien-être, ce qui rend les gens agréables, aimables, heureux et solidaires. Cette innovation améliorerait grandement la condition humaine. C'est un dossier qui me tient à cœur, le monde actuel en a terriblement besoin.

Je me retourne toutes les demi-minutes pour vérifier qu'un serial killer potentiel ne rôde pas.

Tous les joggeurs et cyclistes gardent une

main sur leur kalachnikov, au cas où une menace animale ou humaine se présenterait.

J'évite le surplace, je me surpasse. Mes admirateurs font la fine bouche, alors je mets les bouchées doubles. J'ai l'impression que tous les regards sont braqués sur mes sneakers, irrésistiblement *hype*, aux coloris inédits, au design à couper le souffle, à l'amorti épatant et aux semelles ultraconfortables. Mais peut-être que je me fais des idées.

Un impressionnant sanglier me regarde puis m'attaque.

Une équipe de NFL que je crée via mon webphone s'en charge. Ils prennent le mammifère pour un ballon, et le lancent à travers les chemins abrupts, au-dessus des rivières. Une fois le danger suffisamment hors de portée, je détruis les footballeurs, pour ne pas laisser trop de fouillis dans l'environnement et surtout ne pas éveiller de soupçons sur cette technologie qui doit rester secrète.

Que se passe-t-il ? Le sol tremble et se fend en plusieurs parcelles. Je me retrouve dans le canal. Tel un nageur de l'extrême, je pulvérise le record des 2 mètres nage libre.

Une fois remis sur la terre ferme, Giovanni

m'appelle : « Alors cette nouvelle application, elle est puissante, non ? Je l'ai nommée *séisme*. Je viens de la finaliser.

-J'ai failli perdre connaissance, mais j'avoue qu'elle déboîte !

-Je l'importe sur notre réseau. »

Je reconnais au loin un voisin, alias Guy le geek. Lui aussi cherche l'amour, entre une partie de *World Of Warcraft* et de *Battlefield*. Cet homme aux tendances no-life est de sortie aujourd'hui, son épiderme absorbe des rayons ultraviolets en petite foulée. Il semble sidéré par le réalisme des graphismes (d'un côté c'est normal, c'est la réalité).

Il croise une fille ordinaire qui semble être à son goût. Le packaging l'arrête dans son footing : l'interface graphique est plus qu'agréable. Il l'observe en réalité augmentée. Maintenant il en est certain : c'est le nec plus ultra.

Mais le flux de données devient ingérable : son cerveau est ceinturé, son serveur est saturé. Il paramètre un programme de drague. Il cherche un module de compatibilité. Il jette un coup d'œil autour de lui, pour vérifier si les échanges sont sécurisés. Il ne m'a pas vu.

Sur cette proie, il s'élance et lance une conversation en messagerie instantanée grandeur nature. En entendant sa voix en polyphonique, il succombe à son charme.

Il trie ses pensées, filtre les données, parcourt son disque dur. Il installe une application de séduction. Il pioche dans sa base de données des mots doux et gentils. Cependant, après une brève analyse, elle estime que son interlocuteur est un cheval de Troie, un virus. Elle hésite, puis l'évite. Elle considère chacune de ses paroles comme des spams, des messages intempestifs, des interférences. Elle se déconnecte. *Game over.* Il est hors-ligne, il buggue, il n'y voit plus rien, il faudrait qu'il change de carte graphique, se dit-il.

Il efface l'historique de ses pensées, et reprend la course.

Je me décide à le rejoindre. Il semble être ravi de me voir, je colmate sa fuite d'affection.

Sa phrase résonne dans ma tête en 5.1 : « Dis-donc, c'est encore plus fatiguant que le golf... » On entame alors une conversation sur le multimédia, les jeux vidéo, les écrans plasma *versus* LCD *versus* OLED, la 3D, les home-cinéma, les distorsions spatio-temporelles, l'astrophysique, les nanotechnologies, les derniers logiciels sortis, les innovations à venir qui pourraient bien changer nos vies, les fichiers, films, musiques qu'il pourrait me copier sur ma clé USB.

Après une heure de course à foulées respectables, on se pose sur l'herbe et on effectue des étirements, des assouplissements. Il me forme aux douze positions du yoga.

On tombe sur deux bimbos, du genre *Human Bombs.* On fait monter notre taux de sociabilité dans le sang. Celle qui est plus proche de Guy se prénomme Zahia, et celle qui traîne plutôt avec moi porte le joli blaze de Esperanza. Cette dernière est de type méditerranéen, mixée avec des origines portoricaines. Les deux pin-up nous interrogent sur nos passions, elles squattent nos vies privées de surcroît.

Esperanza utilise mes Ray Ban en guise de miroir, pour se remaquiller, se recoiffer et se brosser les dents.

Texto de Roselyne : « Je jouais avec mon chat, je me suis cachée sous le buffet. Je n'arrive plus à en sortir. Tu peux venir m'aider ? »

Guy envoie une décharge lexicale sur Zahia : « Il faut que je consulte.

-Pourquoi, tu as des problèmes ?

-Non, non, il faut que je consulte une page internet, pour en savoir plus sur ce que tu dis, ça semble intéressant. »

Guy effectue un strip-tease de paroles : « Comment ça passe trop vite quand je suis avec toi ! Tu es un accélérateur de particules temporelles, non ?

-Si tu le dis ! » Je suis certain que Zahia n'est pas habituée à ce genre de compliments !

On échange nos numéros. *To be continued...* On se sépare sur une note d'optimisme.

Après cette trépidante discussion, Guy déverrouille son lance-paroles : « J'ai lu dans leurs yeux qu'elles nous ont trouvé sexy, charmants, drôles à tomber par terre et intelligents. Je ne leur donne pas plus de trois minutes pour nous appeler. Elles sont complètement crocs de nous !

-Et pourtant on ne s'est pas foulé ! » Enchéris-je.

Je vous le dis tout de suite: elles ne nous ont jamais rappelé.

Avec Guy on a des transmissions de pensées à une vitesse télékinésique, à croire qu'on fonctionne en bluetooth. On se comprend sans se parler des fois. Et quand on se parle, on se fait des unes-deux verbales, des coups de pied lexicaux à suivre. Ça c'est du feeling !

Guy est contraint de me quitter pour rejoindre son travail.

7

Appel à la tolérance/Yes, I can !

« Norton ! Kaspersky ! Avast ! Arrêtez d'uriner sur le monsieur ! C'est déjà la quinzième fois en six minutes et trente-cinq secondes » adresse une femme à ses chiens. La machine ! Pour info, *le monsieur* c'est moi.

Son petit nom est Katia. Cette russe est passionnée par les nouvelles technologies (je pouvais m'en douter, au vu des noms de ses chiens).

Elle parle d'une manière on ne peut plus surprenante, elle a la tête sur une autre planète. A priori elle m'apprécie : « J'adore être avec vous, vous êtes bourré... » Après un silence de près de trente secondes (comme pour entretenir le suspens), elle dévoile la chute de sa phrase, avec un entrain intergalactique : « de bonnes vibrations. J'aimerais tellement vous emmener sur la station spatiale internationale. » Aucune nana ne m'avait encore posé un rencard aussi original que celui-ci ! Je m'infiltre dans son univers décalé : « Ok, on se téléportera demain. » Elle est satisfaite de ma réponse.

Je dresse spontanément une analyse scientifique et technique de notre activité physique actuelle : « Ce loisir jovial permet d'entretenir notre motricité ainsi que notre suspension musculaire et articulaire. *(Nous faisons un footing)*

-Oh que oui. Et je m'octroierais même le luxe d'ajouter qu'à ce rythme là, l'on va atteindre l'hyper-espace de la vitesse sur asphalte ! » Plaisante-t-elle. Elle est sacrément atteinte ! J'embraye : « Dans ce cas, il serait temps d'enclencher le thermorégulateur de vitesse asynchrone via nos membres inférieurs.

-Ne me dérangez pas, je suis en pleine synthèse de protéines, couplée à une phase de digestion émotionnelle.

-Je vous présente mes excuses, je n'avais pas remarqué.

-Arrêtons de philosopher et admirons la beauté et le calme de ces molécules d'H2O qui redoublent d'efforts pour vibrer en phase et ainsi nous offrir ce magnifique spectacle audiovisuel. *(Nous sommes devant un petit lac très mal entretenu, rempli de vase. Il en faut peu pour être heureux)*

-C'est moi ou l'on vient d'accéder à un univers parallèle ?

-C'est vous. C'est de toute beauté, mais ça manque d'équations différentielles quand même.

-Je trouve aussi. Au fait, puisqu'on n'en parle pas, je me suis fait cambrioler ce matin. Ils m'ont pris des objets qui m'ont coûté la peau du coccyx. Je pète un câble sidéral ! Vous pleurez ? Je veux dire, mes propos ont stimulé la production de vos glandes lacrymales ?

-N'importe quoi, c'est une poussière interstellaire qui s'est déposée malencontreusement sur mes globes oculaires.

-Vous mentez.

-C'est scientifiquement impossible, la tangente à la courbe des frères Bogdanov dément vos propos. Et les variables aléatoires qui pullulent dans cette région gonflent ma thèse. » Si tu veux. Mais elle est complètement allumée ! C'est un cas. Enveloppés d'une voix high tech, ses propos dopent l'activité électrique de mon cerveau : « En plus si on calcule l'intégrale, ça saute aux yeux que la convergence monotone de votre phrase est une suite strictement croissante. » Elle arrive à trouver des mathématiques dans les formules littéraires. Respect.

Nous mettons en contact nos patrimoines génétiques. On parvient tout de même à bien s'entendre, ou plutôt comme dirait Katia : « on surfe sur un point d'équilibre gravitationnel, en témoignent nos pressions sanguines qui se synchronisent. »

Je trébuche sur une racine, et me réceptionne comme je peux sur son corps. Elle laisse échapper un : « Vous avez effleuré avec aisance les récepteurs sensoriels de mon épiderme à capteurs sensitifs intégrés. J'ai envie de...

-Faucher des OGM ?

-Non, de...

-Effectuer un pèlerinage jusqu'à La Mecque ?

-Non, de...

-Manger un grec avec Georges Papandréou, pour mieux digérer la crise de la dette grecque ?

-Non, de...

-Faire la bise à Britney Spears ?

-Non, de...

-Tuer votre boss ?

-Non, de...

-Ouvrir une discothèque sur Pluton ?

(j'aiguise mon sens de la répartie corrosif)

-Mais non, bon sang, j'ai envie de...

-Graviter autour de cet établissement dont le but est de proposer à des êtres vivants la location de chambres meublées, à un tarif journalier ? » *(Un hôtel est posé en face de nous)*

-Mais non voyons, de vous inviter à prendre un liquide à base de graines de caféine, une substance chimique visant à régénérer et booster les fonctions biologiques d'un être mortel. » Un café, quoi. J'aurais pu m'en douter... Pourquoi me suis-je autant compliqué l'esprit ?

Un individu non identifié franchit notre distance de sécurité, et fait la bise à ma nouvelle amie farfelue. Pris de panique, je la neutralise. Katia me rassure : « Vous pouvez la relâcher, elle est fichée dans la base de données de ma mémoire : c'est ma sœur. » La structure cellulaire de cette créature de rêve éblouit mes pupilles. Elle est encore plus jolie qu'un astéroïde entrant en collision avec une comète un soir de pluie. Elle me donne envie de dessiner son arbre phylogénétique. Katia déteint sur moi : j'ai adopté son vocabulaire. « Salut le bipède hyper-vertébré ! » me lance cet individu avec culot, promiscuité et une pointe pimentée d'arrogance que je n'apprécie guère. Je me sens en trop. Tchou les geekettes.

De retour chez moi et après une douche rafraîchissante, je revêts un T-shirt gribouillé *Jamais de frime... que des giclées d'hémoglobine*.

Je découvre que Weston, un ami participant à l'organisation du Téléthon de cette saison, m'a laissé un message vocal. Il aimerait que je compose une chanson-générique pour l'édition de cette année. Je me mets au travail. Mon inspiration débordante fait couler beaucoup d'encre. Qui a dit que les poètes avaient disparu ?

Une fois le texte écrit, je compose une mélodie au synthé et MAO en guise d'habillage musical, et j'enregistre le tout. Je vous dévoile en exclusivité le résultat final :

Je m'appelle Adrianna, je suis atteinte d'une maladie génétique rare et incurable.
Les médecins me promettent un destin tragique,
Tout ça pour une histoire d'organes biologiques.
Les entendre dire que ma situation est irrévocable m'accable.
Mais malgré les prothèses et les malaises, moi je veux y croire.
Contemplant les étoiles depuis ma chambre

d'hôpital,
Seule dans le noir, je me fabrique des étincelles d'espoir.
Plus le combat est dur, meilleure sera la saveur de la victoire.
Ils me mettent à l'écart, ils m'atomisent du regard,
Comme si j'avais choisi de vivre ce cauchemar.
Je suis pas une lâche, je suis pas du genre à pleurer sur mon sort.
Ce qui ne te tue pas te rend plus fort.
Je puise dans mes tripes la force d'inverser les rapports de force,
Et de prendre l'ascendant sur la vie.
Mon mental est d'autant plus fort que mon corps s'affaiblit,
Au fur et à mesure que je vieillis.
Leurs paroles hardcore, leur mépris, décuplent mon énergie, ma rage de réussir.

A ma naissance, j'ai reçu l'option pas de chance.
Et j'en souffre, en attendant que la science avance.
Mais je suis prêt à batailler à outrance.
Ma détermination est mon carburant, mon essence.

Comment osent-ils être aussi hostiles à nos styles ?
L'homme a peur de la différence. Je souhaite renverser la tendance.
J'appelle à la tolérance, je décrète l'état d'urgence.
Ambitieuse est ma démarche, si avec moi tu marches.
J'oublie et j'avance, je prends mon mal en patience,
Je reprends confiance, et me fais violence.
Je cours, je danse, pour faire passer mes souffrances sous silence,
Pour inhiber l'influence de mes défaillances sur mon existence.
Leur méfiance ne fait qu'accroître ma transcendance, et mon désir de revanche.

Je m'appelle Dorian, depuis ma naissance, je suis non-voyant,
Malentendant et me déplace en fauteuil roulant.
J'ai appris à être insensible, à ne pas être susceptible.
J'entraîne mon cœur à devenir invincible.
Je mets des mots sur mes maux, je crache ma rancœur, je crache mes douleurs.
La différence fait peur. Ils ont peur qu'en

m'approchant,
Je leur transmette tous mes malheurs.
Ils ne s'occupent pas de la beauté intérieure, et ça m'écœure.
Ils me taclent du regard et de la bouche.
Mes gènes les gênent, ils me mettent sur le banc de touche.
« Qu'est-ce que j'y peux ? » ne cesse de s'évaporer de ma bouche.
Après la pluie et les orages, vient le beau temps.
Il est grand temps que les mentalités changent.
Que les gens m'acceptent et me respectent, ça me démange.
Mais je lis dans leurs yeux que mes phalanges artificielles les dérangent.

Je m'appelle Carlos, je participe au Téléthon.
Les préjugés et les discriminations alimentent ma frustration.
Mes conditions de vie sont atroces, mais je m'efforce de faire abstraction.
Je trimballe un paquet de souvenirs malheureux,
Mais sachez que ce ne sont pas eux, qui m'empêcheront d'être heureux.

Je m'appelle Francky, je suis atteint d'une leucémie.
Les voyages à Lourdes n'ont pas suffi.
Mais tant qu'il y a de la vie, le combat n'est pas fini.
Je m'appelle Solène, je ne supporte pas le soleil.
Avec moi aussi, la nature a été cruelle.
J'ai du mal à digérer les images sur leurs visages, leurs lynchages et leurs clivages.
Pourtant j'estime avoir plus de courage qu'eux,
Pour supporter ce calvaire interminable.
Nous sommes que de passage,
Alors faisons en sorte que ce passage soit le plus agréable possible.

{Sur Youtube, tapez : '10trayant Appel à la tolérance'}

Je la trouve groovy, efficace, percutante et chargée à bloc en émotions. Je lui envoie le fichier sonore via mon portable multifonction. Transformer les victimes en battants, et transmuter le négatif en positif, tels sont mes défis.

3 appels en absence et un SMS de Nelly : « Bon, je ne t'ai pas vu à la forêt, mais je me suis

trouvé une fille sensationnelle, donc j'ai bien fait de me lever aujourd'hui. » Cela fait trois ans qu'il est au chômage et en dépression, il ne croit plus en rien, surtout pas en l'avenir et la justice.

8

Speed-dating

Dans trois jours c'est l'anniversaire de ma petite cousine. Pour marquer le coup je lui écris une chanson :

A ma cousine Clémentine, j'aimerais dédier cette comptine.
Au nom de la rose, je te propose cette prose.
Il était une fois une petite fille, aux chaussures couleur myrtille,
Enrobée des plus jolis textiles, croquant sa vie bien tranquille.
Un kaléidoscope de lumières étincelantes, comparable à une étoile filante.
Une princesse sortant de sa sieste, une déesse au corps céleste.

J'ai la superstition que je me trouve devant une constellation.
Mais d'où vient-elle ? Je crois qu'elle a avalé le soleil.
C'est un arc-en-ciel de jovialité, qui attire la convivialité.
On est envoûté par sa somptuosité. C'est une fée qui fait ce qui lui plaît.

Pendant que l'on dîne, la frimousse de taquine,
La petite mine de coquine, de la petite Clémentine,
Avec son petit verre de grenadine, nous fascine, sur un air de mandoline.
She's amazing, surprising.

Ça crée une mélodie, lorsqu'elle gémit. On entend des do, des ré, des mi.
Du matin au soir, elle enjolive la vie.
Des turbulences d'euphorie nous traversent l'esprit.
Mes nerfs oculaires voient un ange.
Mes tympans frissonnent du rythme de ses phalanges.
Ma rétine frétille devant son élégance. Ses mimiques sont photogéniques.
Aucun détective n'a détecté de défaut. Les

devins affirment qu'elle est divine.
Elle excelle à l'excès, elle nous ensorcelle.
Ses devantures capturent nos yeux émerveillés,
Ses aventures captivent toute l'assemblée.
Elle décourage son entourage à faire leurs bagages.

Lorsqu'elle ouvre ses yeux bleus, où on ne voit que du feu,
J'en perds mon latin, et pas que le matin.
Même quand dans ses bêtises elle s'acharne, on est obligé de tomber sous le charme.
Depuis qu'elle marche, aucun radar n'a pu la flasher.
Dans le fichier des enfants extraordinaires, elle est fichée.
Dans mon iris, sa splendeur s'affiche.
Elle nous attire comme un aimant. Communément, elle ne nous laisse pas indifférent.
Sa bonne humeur est hautement contagieuse,
Elle nous transporte avec son allure gracieuse,
Son apparence joyeuse, dans une berceuse.
C'est un top model, avec l'endurance d'une

Duracell,
Ma petite cousine, Clémentine.

{Sur Youtube, tapez : '10trayant Clémentine'}

Une fois le pain sur la planche mangé, je m'accorde à m'octroyer une promenade, pour charger mon organisme en qi. J'empoigne ma bicyclette stockée sur le balcon.

J'accroche mon vélo pliable et 100% électrique à un peuplier, et dépose la lettre à la poste.

Je flâne dans les rues pavées de la ville, parfumées à la tajine, citron vert, poisson pané, paprika, piment d'espelette, ras-el-hanout, oignons et orange sanguine. On dira ce qu'on voudra, mais cela fait du bien d'être vertical de temps à autre. La ville est ravagée par un apéro *Facebook*.

Je plante le décor : pour relâcher la pression psychologique de la matinée, des civils tapent des gens, caillassent des bus, détruisent des habitations, des écoles, brûlent des voitures (dont les leurs).

Des jeunes stressent, donc ils agressent des CRS (c'est d'une logique implacable).

Des chômeurs poignardent à mort des passants pour piquer leur emploi.

Un quidam quelconque répond à son portable : « Carnassier vorace, j'écoute. »

Je choisis une *lady* au hasard et active la fonction *Traduction de pensées* de mon portable : « Oh punaise, ils sortent d'où tous ces gangsters ? Je n'aime pas les gens. Surtout eux, ils ont des têtes de psychopathes fraîchement sortis d'asile. Je ne supporte plus leur sourire hypocrite, j'ai envie de leur donner des coups de boule à tous. J'ai l'impression de marcher comme une autruche. Ça devient physique, technique, je suis déjà essoufflée. »

Un homme crie par la fenêtre : « Au secours, il y a un éléphant rose bonbon qui sort de la cuvette ! Aidez-moi ! S'il vous plaît ! » A ce qu'il paraît le stress peut engendrer ce genre de symptômes. Il doit avoir une carence en magnésium.

Un rhinocéros s'extirpe d'une bouche d'égout et danse le MIA puis la macarena. Décidément il se passe des choses vraiment étranges aujourd'hui, ça me laisse perplexe tout ça.

Ah d'accord, c'est que j'ai téléchargé cet objet vivant et sélectionné ces actions sur mon cellulaire malgré moi, via *l'Avatar Messenger.*

Weston, une coupe de cheveux iroquoise turquoise-orange fluo, et un bouc bicolore vanille-fraise, se faufile sportivement dans mon champ de vision.

C'est un touche-à-tout qui a encore plus d'énergie à revendre qu'EDF. Il est prof de self-defense, kung-fu et est pompier volontaire. C'est aussi un crack en boxe thaï, judo et karaté. C'est un homme d'action. Je lui lance : « Hé Popeye ! La forme ?

-Hey ! Bien ou bien ? La famille, les amis, les collègues de ta tante, la babysitter du fils de ton médecin traitant, le canard kabyle du voisin, le petit copain caché de ta femme, les vingt-cinq clandestins que tu héberges dans ta cuisine en toute illégalité, tout ça tout ça ?

-Tout le monde va bien. Comment tu t'es fait ce coquard ?

-C'est ma femme, elle s'est transformée en Chris Brown. Elle s'est vexée quand je lui ai soumis mes observations sur sa prise de poids spontanée.

Je me rends à un speed-dating. Mon idéal féminin ? Une jolie demoiselle qui me ferait des compliments sans arrêt, adorerait effectuer les tâches ménagères et qui, grâce à sa bonne situation, me paierait le restaurant, m'achèterait une belle voiture, me déposerait des gros billets dans mon portefeuille tous les matins pour marquer son affection, etc. J'aime allier l'utile à l'agréable.

J'entends du Gainsbarre qui se dissipe des bars. L'arbitre donne le coup d'envoi des *battles* de séduction : la chasse est ouverte. Chacun met en avant ses atouts. Tous les coups sont permis. Comme Laure Manaudou, je me jette à l'eau. Je ne sais pas à quelle sauce je vais être mangé. Je signe une entrée fracassante, en trébuchant contre un poteau, faisant basculer toute la rangée de motos. Je suis un maladroit pathologique. Je lis dans le regard des motards une immense haine contre moi. Ça commence bien ! Je gonfle le torse, ça leur donne des entorses. Même les gangsters tremblent. Ou pas.

Je suis à l'affût de l'âme-sœur, tout en esquivant les flèches empoisonnées de Cupidon, alias le sadique. Je navigue en territoire hostile, prêt à décocher un « J'adore ton style ! » Entre les tables de la terrasse je me déplace, avec le smiley joyeux collé sur la face. C'est pile ou face : ça passe ou ça casse. C'est *lune de miel aux Bahamas*, ou *un direct dans la face*. C'est *échange des numéros de nos berry-Black,* ou *morsures à la Twilight et freefight*. J'aperçois une *muchacha* complètement *loca*, dans son Dolce Gabana. La bomba latina danse la samba. Elle a les cheveux rouges de Rihanna, et la robe en viande de Lady Gaga. Sa force d'attraction est plus intense que la gravité, je pars à l'assaut de cette fée tombée du camion, ou plutôt... tombée du carrosse. Elle se prénomme Kayliah. Elle parle à l'envers comme Yoda. Mais avec stupéfaction, je découvre que je me trouve devant la seule nana au monde, convaincue qu'Obama n'existe pas ! D'autre part, son haleine fétide me donne des nausées, me fait tousser. Vu son expression faciale, je crois que je deviens aussi rouge que si j'avais avalé un champ de coquelicots, en entier. Je suis contraint de quitter mon siège en liège.

La seconde victime a une tête de déterrée, parsemée de deux énormes yeux exorbités. Elle avale l'intégralité d'une boîte de comprimés de vitamine C, en une bouchée. J'en reste bouche bée. La tête de lascar de la femme cougar a la même dentition que Joey Starr. Ça me donne le cafard, je lui dis au revoir.

Une créature de rêve occupe la table suivante. Ses prunelles réfléchissent ma bouche béante. Je la trouve méchamment trop fraîche dans son haut Louis Vuitton. Elle me dirait oui que je ne lui dirais pas non, tellement c'est un canon. Ses paroles sont parfumées de tendresse. Cependant sa maladresse me fait croire qu'elle m'agresse, alors je lui adresse un punch dans sa face, avec finesse. Mais soudain, la femme à la voix d'homme se met à me frapper, à me racketter. Oh my god, quelle époque ! Je suis sous le choc.

La proie suivante est une célibattante, vive et pétillante. Elle a eu une explosion capillaire, sa coupe est hilarante. Son physique est d'une beauté spirituelle décoiffante. Le mix génétique est étonnant, le cocktail est détonant, le mélange est appétissant. Elle est légèrement pompette. On échange nos 07. Mon moral remonte de mes chaussettes, je fais la OLA dans ma tête. Cette Esmeralda est dotée d'une autodérision corrosive. Néanmoins elle est légèrement dépressive. Ses pensées sont plus sombres que son ombre. Je n'ai pas besoin d'une fille comme ça, j'ai assez de problèmes à moi tout seul. Mon langage corporel est explicite : « Next ! »

Je change de table, et me retrouve devant une tentatrice qui m'adresse un regard à me faire douter si je me suis habillé avant de sortir. Cette femme fatale a la voix de T-Pain, je réprime un fou rire. La boulangère a dû faire tomber un vocodeur dans son jambon-beurre. Alors que je lui raconte des anecdotes, elle enfile les écouteurs de son Ipod. La communication devient difficile. Je la trouve un chouïa trop dans sa bulle, je savoure ce long moment de solitude...

La prochaine cible potentielle a les bras de Mauresmo, l'impact physique d'un quaterback. Elle a abusé des développés couchés, elle a la morphologie de Chabal. Mais qu'est-ce qu'il lui prend ? Hé mais c'est une cannibale ! Quel monde de fous ! Je file à l'anglaise. Je m'en tire avec quelques blessures et brûlures superficielles.

Je me retrouve en face d'un nouveau spécimen. Je me dis que Dame Nature n'a pas été cool avec elle. C'est le sosie de la femme de Shrek : Fiona. Comme Eva Joly, je suis vert de voir ça. Je n'ai jamais aimé le tri sélectif, mais là, je n'ai pas le choix.

Par la suite, je fais la rencontre d'une Vénus qui déverrouille un accent gorgé de soleil. Ses périples facétieux me tiennent en haleine. J'essaye de parler musique, mais j'apprends que la soul la soûle, qu'elle est nase en jazz et que la variété lui donne le blues. Ensuite elle pose des questions embarrassantes sur ma vie privée, pour satisfaire sa curiosité malsaine. Je me dis qu'elle n'a pas pas souscris au forfait *sympathie*, le physique ne fait pas tout. Côté beauté intérieure, c'est du *low cost*, du *hard discount*. Je réalise un délit de fuite.

La prochaine proie a un physique poétique. Sous ses extensions interminables, je distingue une bonne tête de vainqueur. Depuis tout à l'heure, j'ai les yeux vissés sur son look. Je m'approche, pour glaner son *Twitter*, son *Facebook*. Dans le feu de l'action, je lui déclare ma flamme. Elle s'exclame, elle s'esclaffe. Et elle... s'étouffe. Cet accident casse l'ambiance, et réveille le silence.

Le coup de sifflet indique que la session est terminée. Encore un speed dating qui a mal tourné. Je rentre bredouille, je n'ai même pas eu droit à un lot de consolation. Tant pis, je reviendrai la semaine prochaine, équipé de protections, dans cette salle de la tentation.

9

A part ça, tout va bien

Avec philosophie, musicalité et le regard vif, je me promène dans les rues de ma ville.

Une fille et son caniche tombent d'une fenêtre. Évidemment que j'ai sauvé le caniche, je ne suis pas complètement débile quand même.

Sinon rien à signaler : un homme ouvre des centaines de voitures avec un fil de fer et les dévalise.

Un ouvrier fait écrouler sa grue sur une résidence habitée parce qu'il a trop bu.

Une rixe éclate entre deux bandes de vieillards armés de kalachnikov dissimulés dans leur canne.

Une voiture piégée explose, ôtant la vie à cinq civils.

Un satellite de la taille d'un bus tombe sur un building, tuant des employés.

Un ado réalise une fusillade dans son collège, pour se venger de ses harceleurs, inverser les rapports de force et montrer son autorité face au corps enseignant.

Des jeunes perdus exécutent des chorégraphies de car-jackings.

Une femme brûle un feu rouge parce qu'elle est daltonienne, et se fait emboutir par un automobiliste roulant sur la voie perpendiculaire qui n'est pas parvenu à s'arrêter à temps car il visionnait un dvd.

Une femme sort un bazooka et réduit en cendres la maison de son ex car elle vient d'apprendre qu'il l'a trompée avec sa collègue. Que va-t-elle faire à cette dernière ? Le suspens est à son comble. On le saura peut-être demain en lisant le journal dans la rubrique *faits divers*.

Un ado sans histoire se fait passer à tabac pendant que les passants filment le délit via leur téléphone portable, au lieu de lui porter assistance. Ils mettront la séquence sur Youtube et l'enverront à leurs proches en ajoutant avec fierté : « J'y étais ! »

Des enfants se font écraser par un chauffard sans permis et étourdi à cause de la drogue et l'alcool qui naviguent dans ses artères.

Des jeunes dévalisent le convoi de marchandises d'un train.

Une collégienne sans problème apparent et fredonnant du Bob Marley, est battue à mort par sa rivale pour une histoire de cœur semble-t-il, devant la grille de l'établissement. Les élèves et les surveillants observent et filment la scène, devenue de plus en plus banale.

Une demoiselle est violemment fauchée par une Chevrolet Corvette dont le conducteur n'a visiblement pas le temps de s'arrêter pour appeler les ambulances.

Un jeune homme est en course poursuite avec une brigade de police. Tout ça pour impressionner sa nouvelle petite amie assise à ses côtés.

Une grand-mère met à terre trois faucheurs de sacs à main à l'aide de son parapluie trafiqué en arme de self-defense.

Un quadragénaire se jette sous un train car il est surmené par son travail.

Une senior embourgeoisée se gratte la tête, puis le front, puis le coude, puis l'arrière du pied gauche, vide puis remplit son sac à main, enlève puis remet sa vraie Rolex, se met du rouge à lèvres puis l'enlève une cinquantaine de fois, pour tromper l'ennui en attendant son train.

Deux ados rentrent dans un transformateur EDF pour échapper à la police. Néanmoins ils décèdent sur le coup.

Un huissier sans scrupule saisit une habitation, laissant ses occupants terriblement désespérés sans toit ni nourriture. Vu son expression faciale, je dirais qu'il part dans un concessionnaire s'acheter une BMW surpuissante.

C'est le schéma classique d'une journée dans mon pays, en somme. Mais attention je ne me plains pas, les médias disent qu'on se doit d'être heureux et reconnaissant vis-à-vis de notre gouvernement, car c'est largement pire ailleurs.

Qui dit travail dit stress et surmenage, harcèlement puis chômage.
Alors on fait grève. Mais y' a que les employés que ça énerve.
Qui dit collègues, dit jalousie, hypocrisie et fayotter le boss.
Donc toujours et des coups de crosse.
Qui dit Facebook dit photos compromettantes,
Donc toujours à Pôle Emploi dans la file d'attente.
Qui dit voiture dit radar, donc amendes.
Alors on met notre appart à vendre.
Alors on rigole, pour oublier qu'on a perdu nos permis auto et moto.
Alors on prend le vélo et le métro. Mais

entre les grèves et la météo,
On arrive toujours en retard. Alors le chef en a marre,
Et dépose nos affaires sur le trottoir.
Alors on rit, pour oublier que notre vie est anéantie.
Qui dit chercher un logement, dit pas assez d'argent.
Alors on s'endette. Mais pour oublier, on fait la fête. Et on pousse la chansonnette.

A part ça, tout va bien. Alors on danse.
Alors on part en vacances, pour oublier nos crédits, nos créances.
Alors on sourit, car tant qu'y a de la vie, y' a de l'espoir.
Alors on chante, pour exorciser tous nos cauchemars.

Qui dit télé dit déprime, quand tu vois tous ces milliardaires
Qui ne font rien contre les famines.
Qui dit nuage dit radioactif, et terreur nucléaire.
Qui dit effet de serre dit disparition des ours polaires.
Alors on chante pour oublier, que sur Terre c'est la misère.

Qui dit société dit cancer, calvaire, galères et monde de fous. Alors on se défoule.
Alors on boit beaucoup de verres, pour oublier nos découverts et la crise financière.
Qui dit salaire dit impôts, donc toujours rien dans le frigo.
Qui dit journaux dit décès de notre idole Michael Jackson.
Qui dit loyer, dit heures sup', donc s'ensuivent des arrêts maladies.
Qui dit nuit dit insomnie, car toujours et des ennuis.
Qui dit politique dit polémique, et toujours un manque de fric.

Qui dit manger 5 fruits et légumes par jour, dit pesticides et bactéries mortelles.
Alors on tweete, pour oublier que notre entreprise a fait faillite.
Qui dit courses, dit inflation. Qui dit protestation dit répression.
Qui dit égalité des chances dit fiction.
Qui dit humains dit arrière-goût de dégoût,
Avec leurs préjugés et leurs discriminations.
Qui dit échec dit frustré et déçu, alors on se crie dessus, on se marche dessus.
Qui dit se promener tranquillement dans la

rue, dit balles perdues.
Qui dit avenir dit vagabond, car t'as pas eu assez de piston.
Qui dit transports en commun dit agressions. Donc toujours un Taser dans la poche.
Qui dit moquerie dit vengeance. Et toujours de la violence.
Qui dit légitime défense dit prison. Alors on tente la corruption.
Mais notre peine s'alourdit, dans tous les sens du terme.

{Sur Youtube, tapez : '10trayant Mais à part ça, tout va bien'}

L'Homme doit maîtriser ses émotions, s'éloigner de l'état sauvage, dompter son instinct animal, s'il veut que son espèce survive.

Voilà, c'était ma minute *coup de gueule contre le système*. Ça y est, je me sens mieux. J'ai évacué mes angoisses refoulées.

Une demoiselle glisse sur une plaque d'égout ruisselante et se fracasse le coccyx en retombant. Elle ne parvient plus à bouger ! Si elle avait été séduisante, à coup sur je l'aurais aidé à se relever.

Un humain prend le risque de m'adresser la

parole : « Salut le Moldu. Dis-moi, tu pourrais me prêter ta voiture s'il te plaît ? Je ne retrouve plus la mienne, et si tu ne fais aucun effort pour m'aider, je vais être en retard à mon travail.

-Non. » Il veut me faire culpabiliser en plus ! Je laisse échapper : « Ils sont givrés les gens.

-Comment ?

-Je disais que j'avais oublié de mettre des collants.

-Ah je préfère ça, au départ j'avais compris : j'ai envie de lui casser les dents.

-Quel imbécile !

-Je vous demande pardon ?

-J'aime la façon dont tu clignes des cils.

-Merci.

-Mais quel cassos ce type !

-Vous pouvez répéter, droit dans les yeux ?

-Je disais que le whisky dès le matin, ça pique ! Quel bolosse !

-Vous m'avez insulté là ?

-Même pas, j'ai dit que j'étais pressé de partir en voyage de noces avec ma petite femme féroce qui désosse les gens qui lui cherchent des crosses. » Du coup il s'enfuit.

Un jeune cadre dynamique parle à un collègue via son kit main libre : « Allô Jim ? Ouais c'est Carrey. Je te rejoins au self dans trente minutes, parce que là je pars m'acheter un fusil à thermo-réminescence aiguë, que j'utiliserais dans le cas où le big boss refuserait de m'augmenter. Oui, j'ai pris rendez-vous avec lui à 14h. »

Pendant qu'un trou noir dévorait une étoile dans l'espace, j'ai eu l'honneur d'assister en direct à la formation d'un couple. Ça donnait à peu près ça :

Avec intensité leurs regards se sont croisés,
Quand elle a terminé sa page de mots croisés.
Alors que lui remplissait un sudoku.
Elle l'a trouvé charmant sur le coup.
La foudre lui est tombée sur le cou.
La foule a disparu d'un seul coup.
Sa tête est aussi vide que ton compte bancaire.
Sa mémoire est en jachère,
Il aurait besoin d'une secrétaire.
Ça devient spectaculaire,
On pourrait en faire un documentaire.

Elle illumine son visage,
Lui donne du courage.
Elle éloigne les nuages.
Pas de doute, Cupidon l'a pris en otage.

Il la trouve on ne peut plus ravissante.
Victime de sa beauté renversante,
Il passe à une drague imminente.
Elle dit qu'elle vient de Nantes.
Elle a le même accent que son ex-amante.
En pensant à elle, il s'endort,
En passant devant elle, il voit de l'or.
Il voit plus qu'elle, il en oublie le décor.

Emilie porte des Converse,
Enzo a mis des Stan Smith.
Sur le passage piéton ils traversent.
Elle lui plaît beaucoup cette miss.
Chacun cherche à entamer la convers'.
Il aurait aimé avoir les muscles de Will Smith.
Les pas se précipitent en raison de l'averse.
La miss, quitte à s'immiscer dans un précipice,
Déclare, traversée par un frisson :
« Vous avez l'air bien sympathique.
Je peux vous offrir une boisson ?
Y' a un bar sympa après cette boutique. »

{Sur Youtube, tapez : '10trayant Dans la cible de Cupidon'}

10

Stratégies bouillantes

J'ai sans doute mis au point une stratégie bouillante pour aborder une fille dans la rue : je verrouille ma cible (en l'occurrence une merveille à talons) et lance un ballon de base-ball sur sa tête. Dans le mille ! « Bonjour madame. Vous allez bien princesse ?

-Ça groove. C'est juste que j'ai du mal à parler et respirer.

-Si ce n'est que ça, ça va. Le ballon est attiré par les filles sexy, ce n'est pas de ma faute.

-Merci.

-Mais dites-moi, dans le bleu de vos yeux, je vois du feu, des flammes. Je deviens fou, je m'enflamme. Vos yeux bioniques sont magnifiques, votre voix digitale est un régal, votre sourire 24 carats vient de me séduire. Produit de l'année, mon cœur vient de vous élire.

Mais je ne sais pas, il y a quelque chose qui cloche.

-Quoi, il y a une faille dans la matrice ?

-Non, je ne sais pas... Quand je vous vois, le temps s'arrête. Et il se passe des choses étranges... Je vous vois en 3D, en HD, au ralenti, avec des effets spéciaux et tout. C'est Hollywood dans ma tête actuellement. Je subis des distorsions spatio-temporelles de surcroît. »

De près elle n'est pas si jolie que ça en fait. « Bon aller, j'ondule. Ce n'est pas que j'ai des meubles Ikéa à monter, mais presque. »

Je ne peux pas la quitter sans laisser ma signature. C'est pourquoi je surfe dans le dossier *Wizard applis* et je choisis l'option *Snakes* : avec effroi, elle observe des serpents sortir de sa bouche, ses narines et ses oreilles. C'est la *Paulo touch'* ! Elle me lance des mots que je préfère censurer, par souci d'éthique et de fierté.

Mes oreilles interceptent le fond sonore créé par les organisateurs d'un barbecue géant : « Y' en a pour tous les goûts : j'ai de la côte de porc, de la côte d'agneau, de la côte de bœuf, de la Côte d'Azur, de la Côte d'Amour, de la Côte d'Ivoire, de la garde-côte et même des Côtes-d'Armor. »

Une gymnastique cérébrale plus tard, je

change de tactique de séduction : je passe outre les conventions sociales et mes inhibitions, et accède sans gêne à un pavillon, choisi au hasard.

Faut que j'assure, j'aimerais emmener une gonzesse sur la Côte d'Azur. Surtout si elle a les yeux bleu-azur. Tout en poussant la porte d'entrée, je me décore d'un capital sympathie.

Ma langue se meut avec une élégance quasi-divine : « Bonjour, excusez-moi de vous déranger, y' aurait-il des femmes célibataires dans cette baraque très mal rangée et dont la décoration intérieure laisse à désirer ?

-Oui, moi ! J'arrive ! » Une femme s'empresse de descendre les escaliers. Elle a un style percutant et une choucroute sur la tête. « Hello mademoiselle.

-Bonjour monsieur.

-Mais dites-moi, vous vous êtes déguisée en femme *belissima* ! Quel est votre prénom, si ce n'est pas indiscret ?

-Moi c'est *va taper la discute ailleurs* » proteste-t-elle avec un accent *so british* incontrôlable, tout en m'assenant un direct dans la face d'une violence inouïe, à en faire évanouir Godzilla.

Une fois remis sur pied, la mâchoire déchaussée, le visage ensanglanté, j'emprunte une voix de méchant, pour lui exposer ma virilité (à en faire trembler Chuck Norris) : « Hé bien, ce n'était pas un vent, mais la tramontane ! C'est violent ce qui s'est passé !

-Excusez-moi, c'est l'émotion. C'est mon côté sauvage qui s'est exprimé.

-Je vois ça. C'est dangereux de vivre avec vous. Mais pourquoi me regardez-vous de cette manière ? J'ai encore mis mon slip kangourou par-dessus mon pantalon, enfilé des chaussettes sur mes oreilles et mis un tutu à la place de mon bonnet ? Ou pire, j'ai oublié de mettre mon bikini ? » *(Je joue la carte de l'humour)*

-Non non, c'est parce que vous avez le même sourcil droit que ma maman et la même cinquième vertèbre arrière gauche que mon papa. C'est troublant.

-Elle ne tient pas debout votre histoire.

-Parce que vous, vous tenez debout peut-être ?

-Non. Mais dites-moi, vous êtes sponsorisé par Free ?

-Pour quelle raison ?

-Je ne sais pas, vous débitez à très haut débit.

-Ah. Et vous, vous êtes sponsorisée par T-Pex ?

-Pourquoi vous dites une chose pareille ?

-Vous mettez une myriade de blancs dans la

conversation.

-Ah oui, excusez-moi, j'ai eu un flashback de mon passé tumultueux. J'ai de très mauvais souvenirs liés à mes multiples ex-femmes qui me demandent sans arrêt de l'argent qui ont spontanément refait surface. Mais désormais je suis reconnecté.

-Si c'est du passé, tirez la chasse, et savourez l'instant présent. Faites connaissance avec la personne qui est devant vous par exemple. Flattez son ego, offrez-lui des fleurs, faites tomber intentionnellement des énormes masses d'argent dans ses poches.

-Non, je ne suis pas un pigeon. N'empêche vous me donnez envie d'éternuer, de tousser, de me moucher. Et tout le monde sait que je suis allergique à la beauté. Même vos bourrelets et vos verrues sur le front sont fashion !

-Vous ne savez vraiment pas parler aux femmes.

-J'avoue que je suis meilleur en dégustation de bières devant les matchs de foot. Mais il faut de tout pour faire un monde. Et puis je sais faire plein d'autres choses : je suis capable de mettre KO un enfant de trois ans (bon ok, s'il n'est pas trop musclé). Et ce n'est qu'un aperçu de mon incroyable portefeuille de capacités hors-normes.

-Ça fait rêver...

-Aïe, je n'aime pas les gens qui se moquent des autres.

-Moi je hais les gens qui aiment les gens. Je n'aime pas les gens tout court même.

-N'empêche, quand j'y pense, je n'arrive même pas à sortir avec une femme comme vous...

-Ah bah merci ! Heureusement que j'ai laissé mon ego au vestiaire.

-Non ! Ce n'est pas ce que je voulais dire. Oh, j'en ai marre d'être aussi maladroit...

-Ça c'est sûr, ce n'est pas toi qui as inventé le sopalin, tu as un QI de papier toilette.

-Peut-être, mais comme Gustave Eiffel, j'ai une volonté de fer.

-On s'en moquerait presque, vous voyez. »

Mais pourquoi je n'arrive jamais à concrétiser avec les femmes ? Je n'ai pas le succès que je mérite, définitivement...

Je vais tenter ma chance dans la maison d'à côté.

Un prototype féminin, dont la calandre est attractive, court-circuite mes nerfs optiques en ouvrant la porte. Elle est tunnée par une tenue plaisante à voir. Son portrait dessine des feux d'artifices dans ma tête. Elle est tout simplement renversante. J'en suis tout retourné. Elle porte des chaussons : *j'aime ma maman* (pied gauche) et *j'aime mon papa* (pied droit). C'est moins glamour déjà. Ambiance *forêt amazonienne* dans son appartement, tellement c'est mal rangé. Elle joue la carte de l'exotisme.

Je dégoupille ma salive, je le fais à ma guise, pour accoucher d'un phrasé inattendu, inentendu. Électrique et éclectique est la programmation. Jamais en panne d'inspiration, je mixe des samples de sons, des samples d'expressions. Aussi, je place mes défauts en sommeil artificiel.

A l'aide de mon webphone, j'accède à son univers décalé. Elle réfléchit à des questions que toutes les jolies filles se posent, tels que : « comment pourrait-on concevoir du maquillage à base de poudres nanométriques agglomérées ? Qu'y a-t-il à l'intérieur d'un trou noir ? Quels ingrédients cosmiques ont donné naissance à l'univers ? » Elle a même émis ce questionnement : « Tiens, et si j'ajoutais des photons dans une omelette, cela doperait-il mes performances et mon niveau d'énergie ? »

Après avoir subi une batterie de tests comportementaux et cognitifs, elle accepte que l'on tisse une amitié. Je garnis mon carnet d'adresse, je fais exploser le compteur des relations.

Elle me propose même : « Tu as faim ?

-Oh que oui, je n'ai pas mangé depuis un moment.

-Tu veux manger quoi ? J'ai de la naphtaline, de la mousse à raser, des sacs poubelle, des yeux d'informaticien (ils doivent les changer fréquemment, à cause de leur métier), des cheveux peroxydés de bimbos (elles les changent souvent également), des essieux de Maserati ?

-Je viens de sortir de table en fait, merci. »

Elle me présente ses deux hamsters : Katy et Perry ; ses deux poissons rouges : Omar et Fred ; ses deux souris blanches : Kad et Olivier ; et enfin ses deux verres à soie Starsky et Hutsch. Elle a tout en double.

Elle a un côté *Je ne comprends jamais rien à ce qu'il se passe* qui me fait rêver. C'est bien parce que cette nana, quand elle parle, tu ne sais jamais à quelle question elle répond.

J'apprends qu'elle s'appelle Té. Lara Té. Cette fille me ressemble, la fraîcheur de vivre en moins.

Avec confusion, démotivation, angoisse, amertume, mélancolie et amaigrissement de la silhouette, elle m'adresse ses vœux pour la nouvelle année.

Sa bouche se métamorphose en générateur

de répliques cultes. Elle a des associations d'idées insolites qui désaltèrent l'âme. Elle tourne à cinq jeux de mots par phrase, à prendre au cinquième degré. Ses paroles vont à l'encontre du pessimisme ambiant. Chacune de ses paroles est un antidépresseur. Elle remplit les pièces de *good vibes*.

Se demandant quelle est ma religion, je lui rétorque que moi je crois en moi, et je suis très pratiquant.

Je lance des débats sur le marketing populiste, la franc-maçonnerie, la scientologie, l'anticonformisme, la mondialisation, le remboursement du déficit budgétaire. Elle me répond : « Tu aimes bien sortir des mots que personne ne comprend, même pas toi ? » Elle me prend pour un débile profond.

On bouge sur la musique façon *Dirty Dancing* et *Save the Last Dance*. Il y a du *groove* dans l'air. Des particules de complicité sont en suspension dans l'air joyeux.

Cependant, d'un coup, les esprits s'échauffent. Au sortir d'une agression verbale, je lui propose qu'on aille se balader, mais elle me renvoie balader. Je retourne en ville, seul.

Je tombe sur Loana, fraîchement sortie des urgences. Elle a chaussé des compensées, histoire de prendre de la hauteur face aux événements. Je bois ses délicieuses paroles parfumées à l'effluve dévastatrice de la colère : « Tu n'es même pas venu me voir à l'hôpital ! » et blablabla et blablabla. Je n'ai pas de compte à rendre, juste un compte bancaire, un CV et une biographie à garnir. « Tu es une erreur de la nature » et blablabla et blablabla.

Finalement je me justifie, mais elle se bouche les oreilles. La conversation s'annonce rude.

Elle accompagne ses propos de gestes qui font en sorte que je suis contraint de filer à la pharmacie pour m'acheter une minerve. Je fais tout ce que je peux pour contrôler mes douleurs par la pensée, tel un maître yogi.

J'use de l'application *Goodnight* : elle s'endort instantanément.

A peine suis-je sorti de la pharmacie que je succombe aux charmes d'une fashionista au look ultra-branché. Son design me fait des appels de phare. Sa tenue me propose un panel de couleurs surprenant. Sa démarche est terriblement glamour. Ce n'est que du bonheur pour les yeux. Signes distinctifs ? Elle a les dents longues, les bras longs, le dos large, la tête sur les épaules, les pieds sur terre, la tête froide. Mon petit doigt me dit qu'elle ira loin dans la vie.

Ses parents ont oublié de lui transmettre le gène de la sympathie visiblement. Je recours à l'humour pour désamorcer son agressivité. Elle me confie qu'elle a des hémorroïdes et des ampoules sous les pieds, ce qui influe sur sa baisse significative de joie de vivre.

Ses cordes vocales font péter les watts : « Pourquoi tu as mis des lunettes de soleil alors que le ciel est gris ? » Je parle fort, pour faire croire que j'ai confiance en moi : « Ce sont des verres photochromiques, c'est-à-dire qu'ils se teintent dès qu'ils détectent une fille ultra sexy. » Ses yeux dégainent un sourire à tomber par terre. Je surfe sur le succès de mes blagues. Sa voix me fouette le visage : « J'en perds mon chewing-gum sur tes cheveux. » Sympa ! Je continue : « Je suis myope. Et toi tu es...?

-Gentille. »

Elle me conte des histoires de vie, au fort pouvoir distrayant.

Elle tourne autour de son axe de rotation, et m'offre une dérouillée mémorable. Une divergence de points de vue qui a mal tourné. Elle a trempé sa langue dans un pot à préjugés au petit déjeuner.

Les adjectifs qu'elle utilise pour complimenter mon physique me donne envie de partir en Bosnie pour me refaire le corps. Elle décline mes invitations avec classe. Sa réponse sans appel siffle le coup de sifflet final de la rencontre.

Pour riposter, je sélectionne le sortilège intitulé *Paranormal activity*. De cette manière elle est terrorisée : il suffit qu'une voiture passe pour qu'elle s'affole et court se réfugier dans un fossé ou une poubelle.

11

Célibattant

Une balafre dans mon ego plus tard, j'entrevois dans l'angle mort une chimère qui respire la santé. Elle est dotée d'une peau cuivrée et d'une coupe design aux couleurs flashy. Ses vêtements arborent toutes les couleurs de l'arc-en-ciel. Mes yeux sont aspirés par sa tenue vestimentaire insolite.

Je me glisse dans la peau d'un mentaliste, et réalise une autopsie de son caractère et de sa personnalité à partir de son *body language*.

Elle a avalé un porte-voix. On évite les sujets qui fâchent et qui mettent de mauvais poil, tels que la politique, la religion, l'argent, l'avenir, le passé, les caractères, les troubles bipolaires, les dédoublements de personnalité, l'actualité, la famille, la santé, l'amitié, les études, le travail et l'astrologie. A peu près tous les thèmes quoi. Il ne reste plus que les loisirs, le sport et les rêves.

Alors que j'aiguise mon humour, Jiloh dilue un suspens haletant dans ses propos. Je fais des efforts quasi-surhumains pour lui faire croire que je l'écoute quand elle me raconte sa vie (pas très passionnante, en somme).

Tandis que la pluie fait des claquettes, nous arpentons une avenue funky. Deux gangsters s'offrent une accolade: « Garde les yeux ouverts frère, même la nuit.

-Dac. Reste en vie et garde la pêche.

-Sinon je me demandais, ta sœur, elle est toujours célibataire ? »

Après une enquête poussée et déstabilisante sur ma personnalité, la sonnerie du portable de Jiloh déclenche soudainement des mouvements incontrôlables de nos hanches. La coordination de nos membres est quasi irréelle. Notre synchronisation frôle l'excellence.

Oops, j'étais tellement absorbé par mes pas à la *Thriller* de Michael Jackson, que j'ai perdu Jiloh des yeux. Elle a dû se faire aspirer par un trou noir. C'est l'explication la plus rationnelle que j'ai trouvée.

Justement, en parlant de trou noir, je retrouve la nana au look high tech qui a partagé des foulées avec moi ce matin. Cette fois elle cherche à forcer l'ouverture d'une Audi R8. Elle parle toute seule et toujours comme une extra-terrestre. Je capte ses ondes de choc déjantées à souhait : « Je vais tenter de désactiver le système d'alarme de cet objet intérieur cuir doté de places spacieuses, d'une climatisation, de deux rétroviseurs rétro-éclairés, d'une caméra de recul intégrée, d'un moteur surpuissant et j'en passe. »

A nouveau je me prends au jeu, en lui chantant : « Re-bonjour individu féminin doté d'une silhouette attractive, ce véhicule est d'une classe intersidérale, n'est-ce pas ? Quel est l'objectif de votre action actuelle consistant à déployer un appareil générateur d'ondes électromagnétiques par voie satellite ? » (Elle sort son portable, tout simplement). Pourquoi parler simple alors qu'on peut parler compliqué ? « Hello l'homo sapiens. Je transmets des données verbales propulsées par mon organe lingual en direction de l'appareil auriculaire d'un individu géolocalisé à 192 kilomètres d'ici, grosso modo.

-Dac. Vous m'avez l'air fatiguée.

-Je ne comprends pas votre langage.

-(Ah oui, c'est vrai qu'il faut traduire :) je constate que vous sécrétez encore des molécules de sommeil.

-D'un point de vue de physique quantique, j'ai la tête dans le postérieur, en effet. Vous avez une vue infrarouge, je ne peux rien vous cacher.

-Pardon ?

-Je veux dire qu'aucun dispositif à portée stratégique ne peut être dissimulé à l'abri de votre matière grise génératrice de neurones.

-Merci, somptueux être mortel.

-Je vous laisse, je retourne à la civilisation normale. » C'est elle qui dit ça ! Notre échange d'informations insolite prend fin.

Tiens, je vais tousser, ça va me faire perdre quelques calories. Attention, je commence à disjoncter moi aussi. C'est à force de traîner avec des gens pas très nets.

C'est bizarre, à chaque fois que je pense à K-Reen, il m'arrive des choses étranges. Par exemple en ce moment mon visage devient violet ; mes mains sont jaunes fluo ; un caniche enfile une niqab et fait des abdos (et son maître copie ses gestes) ; un réacteur d'une centrale nucléaire explose, tuant tous les employés ; une infirmière est écrasée par un frigidaire tombant de la fenêtre d'un HLM ; un ULM atterrit dans le jardin public, duquel sortent deux petits êtres verts ; la Bourse chute ; des militaires saouls sortent d'une poubelle et tirent sur la foule ; des parachutistes sortent d'une fontaine et lancent des grenades sur le peuple ; des statues s'animent :

elles bougent et parlent.

Je tombe sur Yves, un marginal que je connais depuis longtemps, aux cheveux et à la barbe gris métallisé. Son nom entier c'est Yves Payetatourney. Je vous assure que c'est son vrai nom. L'ironie du sort, c'est qu'il a un penchant pour les boissons qui réchauffent. J'ai toujours vu Yves ivre, attendant que le sort le délivre.

Il enchaîne les dépressions, les déceptions, les galères sévères.
L'étau se resserre. Il esquive les bouts de verre, les langues de vipère,
Les jets de pierre de ses congénères.
Il repense à ses erreurs à ne pas refaire, il veut changer ce système imparfait.
Lors des nuits profondes, il ne cesse de se morfondre.
Tous les tumultes qu'il cumule se multiplient, donc il avale des capsules.
Il voit que tout bascule, que sa vie perd son écume.
Il veut que le temps l'efface, mais il restera une trace, même si le temps passe.
Il a loupé le coche, sur sa vie actuelle, ses erreurs du passé ricochent.
Il veut passer un coup de Tippex sur les souvenirs qu'il déteste,

Mais ils survivent comme la peste, dans sa mémoire ça empeste.

Certains vivent dans l'opulence, d'autres dorment aux urgences,
Bercés par les sirènes des ambulances.
Sa situation le frustre depuis des lustres.
Il est fou de rage. Une rage qui brûle son visage.
Dis-lui qu'on ne naît pas avec un mode d'emploi,
Et que la perfection n'existe pas, c'est donc normal de regretter ses choix.
Bats-toi, faut que tu t'en sortes, t'as pas le choix.
T'as déraillé, bats-toi, il est temps que tu te remettes sur la bonne voie,
Que tu quittes ton statut de paria.
Et tu renaîtras de tes cendres, avant le mois de décembre.

{Sur Youtube, tapez : '10trayant Dérapages incontrôlés'}

Il me confie qu'il ne se souvient pas de ce qu'il a fait ces trente dernières années, c'est le blackout.

Il me conte des anecdotes tellement

palpitantes que je lui dis que je suis pressé et que je dois y aller.

Tiens, je vais me moucher, ça va me changer les idées.

12

Yves

Je m'appelle Yves.

Personne ne perçoit mes signaux de détresse.
Les paperasses s'entassent, je bois la tasse.
Des tas de tracas me traversent le crâne.
J'en vois plus le fond, j'ai plus un rond, plus de maison.
Je dépense toutes mes économies à faire monter mon alcoolémie.
J'ai perdu mes amis, j'attire les ennuis, je suis devenu sans-abri.
Je contrôle mon esprit pour pas qu'il vrille.
Je croupis sous les soucis.
J'ai trop de poids sur les épaules, ils ne m'acceptent plus dans les halls.
Je fais un tour autour des tours, un détour,

et je sens les vautours qui m'entourent.
Je suis dans la tourmente, cette situation me hante, mon diaphragme se défragmente.
Je me bats contre mes démons intérieurs.
Je m'efforce d'être de bonne humeur, malgré mes frayeurs.

Mon allégresse jadis céleste, régresse.
SOS, est-ce ma foi qui me délaisse ?
J'épouse les coups de blues.
J'ai de la peine dans les veines, j'ai de la haine dans l'haleine.
Une kyrielle de mauvaises nouvelles, une ribambelle de problèmes.

La pression devient trop forte, les tentations sonnent à la porte.
Je dilue mes problèmes dans des poèmes.
Je ressens des coups de Trafalgar dans ma boîte crânienne.
J'ai l'impression que ce sont toujours les mêmes qui ont des problèmes.
Je prends de l'âge, mais je perds le large.
Je tiens plus debout, déséquilibré par le poids de mes pensées.
La vie je l'ai croquée, elle m'a escroqué.
D'automne en été, je suis contrarié, j'emmagasine les dérapages incontrôlés.

Un punch dans ma fierté, un uppercut dans ma dignité.
A travers une fenêtre je regarde la télé, diffusant le journal télévisé en fibre optique.
Mais ça n'arrange pas mon moral,
Ils harcèlent nos nerfs optiques par des images dramatiques.
Je pousse de la fonte, je fais des pompes, pas le temps pour les coups de pompe.
Ma bonne humeur est KO.
Je suis plutôt d'humeur à casser des carreaux, que de me tenir à carreaux.

{Dérapages incontrôlés}

(Paul = narrateur)

Je lève mes yeux de mon Stephen King et intercepte la conversation d'une femme qui semble être mal aimée auprès de ses amis : « Je dois y aller les amis. On s'appelle, on se fait une bouffe ?

-Dans tes rêves, tu as vu ta tête.

-Je vais aller draguer dans la rue. Je vais mesurer l'ampleur de mon impact sur la gente masculine.

-Avec ta tête et ton look de plouc, tu ne vas

pas ramener grand chose. Après je dis ça, je dis rien. »

D'une voix hybride pop/world music, elle articule à un ami qui débouche du métro : « Hey Justin ! Ça fait plaisir de te voir !

-Ne me touche pas ! Tu vas salir ma veste à peau d'ours polaire du Sahara. Je l'ai achetée sur jtarnaque.com, ce n'était vraiment pas cher, j'ai fait une sacrée affaire !

-Ça m'étonnerait que tu trouves des plantigrades polaires dans le désert, mais bon avec le réchauffement climatique, tout est permis. Et cache ta joie de me voir surtout.

-Ça farte ?

-Impeccable. La vie est belle, tout le monde il est gentil. A part que je sors d'un contrôle de police qui a mal tourné. C'est pour ça que j'ai des bleus un peu partout sur le corps. J'ai été victime d'une bavure. Et je ne peux pas porter plainte, parce que si je vais au commissariat, je vais retomber sur mes agresseurs, donc ils vont me retaper.

-Ok, fais ta vie. Moi je sors d'un match de pétanque qui a mal tourné également. Il y a eu beaucoup de violence, moi aussi j'ai mal partout. J'ai l'impression qu'ils ont pris ma tête, et qu'ils ont fait un match de foot de 90 minutes avec, tellement j'ai mal au crâne.

-Décidément, le danger se cache partout. Tu veux boire un verre pour fêter ça ? Enfin... pour oublier tout ça ?

-Non merci, je n'ai pas besoin de boire, je suis déjà stupide.

-Ah oui c'est vrai. Qu'as-tu fait ce week-end ?

-Samedi, je me suis levé, j'ai râlé, et... je me suis recouché. Et dimanche... la même chose. Rien de croustillant en définitive.

-Ce n'est pas avec toi qu'on peut positiver. Sinon, tu as trouvé du boulot ?

-Je rate tous mes castings. Je joue des rôles comiques, mais à chaque fois, je vois le jury qui pleure, tellement ils ont pitié...

-La vie est un oignon qu'on épluche en pleurant.

-Quand je me regarde, je m'inquiète. Mais quand je me compare, je me rassure. Surtout quand je te vois.

-Eh oh ! Doucement.

-Tu ne me crois pas ? » Et là le dandy m'interpelle : « Excusez-moi monsieur, vous la trouvez comment, physiquement ? » Et moi de lui répondre : « Eh bien, c'est un monstre, elle fait peur à tout le monde.

-Ah ! Tu vois ? » Et j'en rajoute, ça fait trop du bien : « Je suis obligé de fermer les yeux lorsque j'ai le malheur de la croiser. Elle est aussi sexy qu'un relevé fiscal. Je l'accuse de pollutions visuelles. » Ça fait du bien d'être méchant de temps en temps. Dénigrer les autres pour se sentir supérieur, il n'y a que ça de vrai.

13

Loana

Roselyne m'appelle : « Coucou Woody, c'est Allen. J'ai discuté avec un chimpanzé, il est très gentil. J'aimerais bien te le présenter. Où es-tu ? Encore coincé dans une poubelle ? »

Tandis que des jeunes s'immolent sur la voie publique car ils voient l'avenir en couleur marée noire (dédicace à BP), je réceptionne un flashback qui défile sous ma boite crânienne : ma relation avec Loana, ma dernière ex :

Je capte l'image resplendissante d'un spécimen.
Elle traverse un domaine dominé par des dolmens.
Sa beauté fracasse mes yeux, elle fait trébucher tous les messieurs.
Pour attirer cette magnifique silhouette,

j'effectue des pirouettes.
Je ne sais plus où donner de la tête, un peu comme une girouette.
J'enfile mon polo Lacoste, je suis prêt à l'accoster.
Je me décore d'un capital sympathie, et me glisse sous son parapluie.

Quand je croise son regard, à chaque fois je m'égare.
Je passe mon temps à l'admirer.
Sur elle, je chante le la, le mi, le ré.
Elle est chargée de fréquences électromagnétiques,
Qui m'indiquent que la vie est féérique.
J'héberge une extase monumentale,
J'ai remporté le jackpot sentimental.
It's a beautiful, wonderful girl.
She's shining, my soul is rising.

Je fais volte-face, et l'enlace.
Je fracasse ma carapace, et l'embrasse.
Je brise la glace, elle devient loquace.
Je déclare ma flamme, à cette femme, sur un slam.
Je lui glisse un « je t'aime », en démarrant la BM'.
Elle m'a dit oui, mon ouïe en est toute

éblouie.
J'assiste à une déferlante éclatante de qualités surprenantes.
Ses paupières génèrent de la lumière.
J'inspire sa joie de vivre à plein poumon,
Je lui expire toute mon affection.

Son charisme, son magnétisme me tirent dessus, à bout portant.
Elle rayonne tellement, quand tu te trouves à ses côtés, t'as l'impression de bronzer.
Lorsqu'elle m'observe, je me sens attaqué par des rayons de soleil.
Sa voix m'a tapé dans les oreilles,
J'entends des chants d'oiseaux lorsqu'elle me parle.
Elle harmonise chacun de mes chakras,
Elle efface un par un tous mes tracas, tous mes chagrins.
Elle m'aide à corriger mon attitude, me fait prendre de l'altitude.
C'est ma bouteille d'oxygène, quand je gravis l'Everest qu'est la vie.
Cette déesse me déverse de l'ivresse sans cesse, et j'en suis plus que ravi.

Se prépare une romance de grande endurance, je pense. (J'avais tort)

Mon avenir, je veux le gravir avec elle.
Je cherche dans l'index son adresse, pour réaliser mon ambition majeure :
Qu'elle enfile mon alliance à son annulaire,
En lui glissant des mots doux dans ses muscles auriculaires.
J'aurais besoin d'un coup de pouce du destin, pour qu'on soit liés tous les deux,
Comme ces 5 doigts de la main.
On s'envoie des lettres, on fait la fête.
Je broie du blanc, je me sens bien en sa compagnie.
On se fait arroser par un geyser d'harmonie.

{Sur Youtube, tapez : '10trayant Jackpot sentimental'}

Avant Loana, j'avais pris quatre semaines de célibat ferme dans la figure.

Je croise Kitty, une vieille amie. Je développe mon jeu de langue : «Hello Kitty ! Comment vas-tu ?

-Comme un lundi. » Elle cherche des idées pour l'anniversaire de son frère. Je ne l'ai jamais vu, même pas à la télé. J'atomise le silence : « Tu n'as qu'à lui offrir un coffret-activité. Une expédition de spéléologie par exemple.

-Impossible, il est claustrophobe.

-Un saut en parachute alors ?

-Il a le vertige.

-Un pc ou une télé ?

-Surtout pas, il ne supporte pas de rester chez lui. Et en plus il est électrosensible.

-Alors, envoie-le à l'autre bout du monde. Comme ça au moins, il sera loin de chez lui.

-Il est malade en avion.

-Arf. Qu'il prenne le bateau sinon. Attends, laisse-moi deviner, il a le mal de mer ?

-Évidemment, surtout depuis le naufrage du Costa Concordia. Et la voiture lui donne des nausées, le train lui fait faire des malaises vagaux.

-Mais c'est une chochotte ton frère !

-C'est vrai qu'il a quelques phobies, mais il est sympa. »

Ça fait un bien fou d'éternuer, « il faut que ça sorte » comme disent les psychanalystes aux névrosés.

Bon ce n'est pas tout, mais moi il faut que je me trouve une nouvelle femme. La rue est une mine d'or pour les célibataires. Je procède à une analyse corporelle minutieuse des individus, puis je les étudie en profondeur.

Je fais la connaissance d'une créature

arborant une coupe rock'n'roll. Elle me confie son lourd passé de criminelle. Je ne me sens plus trop en sécurité... En tant que homme d'action outrageusement courageux, je choisis la fuite.

Je détecte une *girlita* à la coupe quadricolore dans ma vue périphérique. Une grosse claque visuelle. Hélas, son expression faciale m'indique que je ne lui plais pas. Tout ça pour une histoire de chromosomes, je trouve la décision sévère. Si j'avais un marteau...

Chaque Homme renferme des richesses incroyables et insoupçonnées : que ce soit dans sa culture, sa personnalité, sa vision des choses, ses connaissances, son savoir-faire. Et la liste s'allonge à chaque minute passée avec l'individu. C'est une erreur fatale et un gâchis immense que de négliger une personne. **Surtout moi**. Tel un gentleman des temps modernes, je me débarrasse de ma colère sur elle. Celle-ci la déchargera sur quelqu'un d'autre, qui l'évacuera à son tour sur un autre individu. Le recyclage a le vent en poupe, ça tombe bien. Comme vous pouvez le constater, je suis un citoyen éco-responsable.

Je déniche une señorita au look d'enfer et aux yeux couleur jean délavé. Sa carrure m'indique qu'il est préférable d'éviter de la contrarier. Il émane de cet individu beaucoup de tristesse, déception, violence intérieure, remords.

Après l'avoir profilé, je lui demande un renseignement, puis j'attaque : « Au fait moi c'est Paul. Et toi tu es ?

-En retard. » Elle m'adresse un regard à me donner envie de me relooker. Un souffle d'humiliation ondule joyeusement le long de mon corps.

Un séisme nippon dans mon ego plus tard, je jette mon dévolu sur une *lady* dont les ongles font la moitié de la taille de son corps. Elle se prénomme Anastasia. Elle me raconte sa vie pendant dix minutes qui me semblent interminables. Je fais semblant de l'écouter par politesse, en ajoutant des « Oh ! », « Non, c'est pas vrai ? », « Mais c'est dingue ! », « Ma pauvre ! » toutes les minutes. J'espère juste que je les place au bon moment. Elle me confie entre autres que depuis qu'elle mange les nouveaux *Spécial K*, elle se sent tellement légère qu'elle a l'impression de léviter au-dessus du sol, et de marcher sur l'eau. Non non, nous ne nous sommes pas du tout manipulés par la publicité.

Elle pointe du doigt avec insistance sa nouvelle coupe de cheveux. Je crois que c'est là qu'il faut que je dise : « Waw c'est trop beau ! Comment ça te va trop bien en plus ! » Elle me précise : « Ça m'a coûté mes 5 bras.

-Tu exagères un petit peu. »

Sur un coup de tête, elle me prend la main. Ma langue émet aussitôt : « Tu as une main magnifique !

-Juste une ? » Elle n'a pas l'air très futée... Elle me jette sauvagement dans les oreilles : « Je suis totalement *in love* de ta voix fluorescente. » On ne m'avait jamais fait un compliment pareil ! Je relance la partie verbale : « On t'a déjà dit que tu ressemblais à Jessica Alba ?

-Non, jamais. Merci. *(Elle adopte un air flatté)*

-Eh bien ils ont bien raison.

-Oh là là, si j'avais le sens de la répartie, comment je t'aurais incendié ! Je t'aurais foudroyé sur place. C'est bête que je n'en ai pas. » Elle me parle subitement avec des mots à en remettre en question un frimeur, avant de se dissiper dans l'horizon, telle une particule radioactive fukushimienne.

Je lis sur le profil *Twitter* de Roselyne : « Le volcan islandais que j'avais installé dans ma cuisine vient d'entrer en éruption ! »

Je perçois un nouvel arrivage. Son pas vivace s'approche de moi. Je redouble d'imagination, j'échafaude une nouvelle stratégie afin d'amorcer le contact : « Salut. J'ai fait un pari, je fais une course contre la montre, c'est pour la télé. Je dois récupérer le maximum de numéros de portable de femmes, et les embrasser devant la caméra cachée, en un minimum de temps. Si tu pouvais m'aider sur ce coup-là, ce serait vraiment cool. » Elle adopte un regard suggérant : « Et ta sœur, elle danse le tango au Connemara ? » Je suis en mode *tâche noire sur vêtement tout blanc*. On échange des propos sanguinolents.

Je vais finir par m'acheter une Russe sur le net si ça continue...

La rage au ventre, je bouscule les passants qui osent marcher sur le même trottoir que moi.

« Hey biloute ! Si tu n'es pas capoute, on danse le twist, sur la piste, dopés comme des cyclistes ? » me propose un piéton saoul qui passait par là. Il n'aurait pas dû, ça lui aurait évité d'avoir : le nez tuméfié, un œil au beurre noir, les jambes et les cheveux arrachés.

Il faut que je me calme, sinon on va me coller un procès pour incitation à la violence.

14

Jean-Édouard

Il y a un type bizarre qui s'approche... Oh, c'est Jean-Edouard. J'espère qu'il ne va pas me voir... Lui, il a juste à coller son nom et sa photo sur le CV, et il est embauché. Moi, je dois me prendre la tête à inventer des diplômes, des boulots, faire croire que j'aime la lecture, les œuvres d'art, le golf... En outre j'ai l'impression qu'il ne pleut jamais sur lui, que les gouttes sont déviées. Tous les Hommes sont égaux. Surtout quand on ressemble à Jean-Edouard. C'est quelqu'un de méchant, violent, qui déteste être surpassé.

Sur la page de présentation de son compte *Facebook*, on peut lire : « Ma vie a changé depuis que j'ai gagné le pactole au loto. Ça m'a sauvé la vie, car je suis de nature arrogante, prétentieuse, macho et feignante, donc je n'avais pas trop de recours pour m'en sortir. Mais la vie m'a sourit, et je lui en remercie du fond du cœur. Cela me permet de profiter de la vie. Ne pas avoir à travailler est un gain de temps plus que considérable. Je peux être ivre toute la journée, je n'ai aucun compte à rendre à un employeur. Je ne veux surtout pas m'engager avec une femme, car je ne veux pas partager ma fortune, même si elle est ultra-conséquente. Bon courage aux poissards qui doivent travailler juste pour payer leur loyer et manger. Je pense à vous, des fois. »

Son crâne arbore une coupe à la Justin Bieber. Je chausse mes lunettes, pour mieux entendre ce qu'il marmonne dans sa barbe bleue. Mes oreilles sont prises au piège du viseur de sa bouche : « Salut le ringard, comment que ça va bien ? On se déguise toujours en drag queen à ce que je vois. Mais dis-moi, c'est moi ou tu as vraiment maigri des gencives et des oreilles ? Hé dis-donc, tu n'aurais pas vu une gonzesse qui râle tout le temps par hasard ? Je ne sais plus où j'ai mis ma femme... J'espère que je ne l'ai pas oubliée dans le coffre encore, sinon elle va me taper une crise ce soir, je ne te raconte pas ! » Il me gonfle avec sa femme... Qu'est-ce que ça peut me faire ? Pas de bol, sa langue a la bougeotte en plus : « Tu sais, ma copine, depuis qu'elle travaille à France Telecom, je ne sais pas, je trouve qu'elle a changé. Je ne la reconnais plus. Depuis deux bons mois, elle est victime de spleen. La bonne ambiance lui manque tellement... Elle ne rentre plus dans son jean slim : elle compense avec des aliments, sa pénurie de sentiments. Sur elle, les vagues à l'âme s'acharnent. Dans ses yeux a disparu toute lueur. Ses collègues, hyper-productifs dans les troubles de l'humeur, ont mis le feu à son cœur. Et elle ne trouve pas l'extincteur. Pourtant ils sont comme tout le monde, ce sont des travailleurs sous antidépresseurs, des employés qui luttent pour payer leur loyer. » Il exécute un énième attentat verbal dans mon appareil cognitif : « Sinon toi ça va ? Ta mère se porte bien ? Son boulot, tout ça ? » Ma langue assène des gifles magistrales aux atomes d'oxygène : « Oui, elle est toujours dans le pétrin » *(ma mère est boulangère).* Ça lui fait plaisir quand je dis ça. Ma bouche expulse un : « Tu veux démarrer un *face to face* de propos blessants ? *(C'est son jeu préféré. Il est épais comme un sandwich prix coup de pouce, et il fait le malin.)*

-C'est parti ! Je te trouve trop isocèle quand tu te déplaces.

-Je fais des pas funky, c'est tout, tu peux pas test. Mes jambes n'en font qu'à leur tête. Ah mais dis donc, tu n'aurais pas pris du bide toi, par hasard ? *(C'est de la légitime défense verbale)*

-Non ça, c'est fait exprès, c'est pour arrondir les angles. Par contre toi, tu n'as pas d'humour. D'un côté, personne n'est parfait... à part moi bien sûr.

-Bien sûr que si, c'est désopilant, même le footballeur Thierry en rit. Tes propos ont un arôme de jalousie, je renifle de la haine dans ton haleine, je détecte en vision infrarouge de la peine dans tes veines.

-Ça c'est à cause de la crise financière.

-Arrête de me tacler tout le temps. Accepte et respecte les gens. Contrôle ta langue venimeuse.

-J'ai pensé à toi ce matin, j'ai vu Loana. Elle n'avait pas l'air en forme.

-Moi aussi j'ai pensé à toi ce matin : j'ai écrasé un blaireau.

-Sinon tu as vu ce qui se passe ? C'est la grande folie !

-Je n'ai rien remarqué de particulier. La vie suit son cours.

-Tu te moques de moi j'espère ? Et le président a annoncé ce matin à la radio que les extra-terrestres ne devraient pas tarder à débarquer. D'après les experts, ils ont provoqué un séisme et un tsunami au Japon pour faire diversion. Ils ont pris l'apparence de chimpanzés et d'humains, et ils voyagent à bord de 4x4 indigo aux vitres teintées et aux jantes chromées.

-Alors là, c'est le pompon sur la Garonne ! Tu es devenu complètement frappadingue mon pauvre Jean-Edouard !

-Mais regarde, derrière toi, le singe ! Il n'a pas vu le singe, je n'y crois pas ! Tu ne vois pas les martiens déguisés en bonobos ? Y' en a partout... C'est l'apocalypse je te dis !

-Non. Tu dois avoir des hallucinations visuelles. Il débloque ce petit bonhomme... Arrête de regarder le journal télévisé, ça te rend parano. » J'en conclus qu'il a participé à l'apéro géant *Facebook*.

Je lui jette un mauvais sort (nommé *little man*) : il devient tout petit. Il ne m'arrive même pas à la cheville (ce n'est pas qu'une image). Il rouspète, mais personne ne l'entend. La vengeance est un plat succulent qui se mange froid.

Roselyne vient de tweeter : « Je bois un verre avec le nouveau Spiderman latino en haut du Colisée. On tourne un clip avec David Guetta ! »

Mon attention stagne sur une mi-femme mi-rose qui éclot du bitume. Elle exécute une pose glamourissime. Elle a renversé une bouteille de bonne humeur sur elle-même ce matin. Une vague d'air rafraîchissante me fouette le visage. Son parfum envoûtant chatouille mes cellules olfactives, et ensorcelle mes sens. Ma vue trébuche dans son regard : un important flot d'images défile dans ses prunelles. Là par exemple je suis en train de visionner le dernier *Pirates des Caraïbes*. Pas cher le cinéma.

Des informations cruciales du domaine de sa sphère privée s'extirpent de sa boîte à parler : elle a un prénom certes joli, mais tout de même de papier toilette : Lotus. Au moins de cette façon elle marque les esprits : les gens pensent à elle à chaque fois qu'ils défèquent. Original et efficace.

Je déguste la beauté de son timbre de voix. Elle articule une belle langue. D'ailleurs, il n'y a pas que ses paroles qui sont jolies.

Après un échange de pavés verbaux, je l'invite dans un bar branché. Je booste ma sociabilité, j'élargis mon cercle d'amies.

Par chance, c'est elle qui se dévoue pour alléger son portefeuille. Ouf.

Il ne s'est rien passé de spécial, car elle est repartie travailler. Mais je garde son numéro. Affaire à suivre.

Une armée de zombies m'encercle. J'en dénombre une trentaine.

Giovanni est à l'origine de ces créatures. C'est une simulation, il teste ma rapidité et ma puissance d'action. Va y' avoir du sport !

Dans un souci d'efficacité maximale, je génère un Monster Truck. Je monte à son bord et écrase les morts-vivants. Je ne dis jamais non à un shoot d'adrénaline.

SMS de Roselyne : « J'ai accouché d'un zèbre dont la peau est violette. Est-ce normal ? D'ailleurs, vous vous ressemblez comme deux gouttes d'eau. » Dois-je le prendre comme un compliment ?

Le regard pétillant d'une *girl next door* me fait du pied. J'amorce le contact.

Elle est aussi bavarde qu'un film muet. Sa langue poussiéreuse décoche : « Je ne peux pas parler, je suis une coincée. » Nos pensées invasives aiguisent le silence. J'éternue, pour mettre de l'animation à la conversation.

Dans l'optique de la décoincer, j'opte pour l'appli *Happyness* : elle devient terriblement joyeuse. Elle a une envie de rire incontrôlable.

Quarante-six « lol » plus tard, sa langue ose un : « Je propose que l'on s'arrête à ce bar, pour prendre du bon temps ? » Cette proposition me fait sursauter ! Je lui fais part de mon désappointement : « Oh, il faut payer et tout, c'est irritant. Sinon on peut se balader en forêt ?

-Hors de question, ça grouille de loups-garous et de psychopathes. »

Je passe à la fille d'à côté. Ses phéromones me font l'aumône.

Elle tente de me faire rire. Elle est la preuve vivante que l'humour n'est pas donné à tout le monde. Les blagues, c'est comme la chirurgie esthétique, des fois ça rate. Et dans ce cas, c'est comme dire non le jour de son mariage : ça la fout mal.

Je lui aurais bien payé un café, mais je suis contre la société de consommation. Et elle, c'est une anorexique du porte-monnaie. Je sens qu'on ne va pas aller loin...

Elle m'invite à une comédie musicale. Elle peut se brosser.

J'expérimente l'appli *Persuasion* : toutes les phrases que je prononce sont pour elle des vérités indéniables. Pour tester l'effet je m'amuse à lui dire, en désignant un passant banal : « Ce monsieur est ton père. Il t'a trahi, tu dois le manger. » Et elle de le dévorer.

15

Courrier

Je rentre chez moi pour déjeuner. Tous ces événements ont aspiré mon énergie vitale, je dois faire le plein de carburant nutritif.

Je passe au courrier. Je croise les doigts pour ne pas encore tomber sur un colis piégé.

Ouf. Mais quand même : les factures me ceinturent, j'ai l'impression que l'oppression affecte ma respiration.

Je lis un prospectus : « Marre de sentir mauvais des pieds ? On a une solution. » Mais de quoi ils se mêlent ? Si ça continue, je vais coller un logo écologique *Stop Pub = Un geste pour la planète* sur ma boîte aux lettres.

J'ai reçu une lettre de mon oncle, Taylor. Il revient d'un déplacement professionnel. Il me raconte en détail sur un fichier mp3 le déroulement de son voyage :

Mon employeur m'envoie en Iran.
Je débarque souriant à Téhéran.
Dans cet État du Proche-Orient,
Une foule de gens me parle persan.
Je voyage le micro à la main.
En observant un troupeau de daims,
Je traverse une parcelle.
Au coin d'une ruelle,
Imprégnée de thé à la menthe,
J'aperçois une silhouette menaçante.
Un mélange de serial killer et de Val Kilmer.
La trouille me chatouille.

Je vous emmène au cœur de l'action,
Dans une des plus anciennes civilisations.
En parcourant les terres, les rivages,
J'enregistre une musique reportage.
Je prends des photos sur ma route.
Il fait beau, c'est le mois d'août.
Avec des jeunes, je déjeune et je fais un foot.

Il confie à un tiers son harmonica,
Et déploie un bazooka.
Aucune issue ne s'offre à moi.
Je suis cerné sur cette voie,
Tels les yeux d'un insomniaque.
Je n'ai même pas de matraque,

Et son viseur me braque.
Monte alors mon trac.
Je sens qu'il me traque.
Je deviens écarlate.
De m'exterminer, il a hâte.
La foule me mate.
Pour me défendre, je n'ai que ma cravate.
Je l'envoie dans un ailleurs meilleur.
Je cache le corps dans un bunker.

La suite se complique,
Je vois des ombres qui rappliquent.
Je tombe en embuscade avec 3 gangsters,
Pire que des militaires en colère.
Grâce à la grammaire et au vocabulaire
D'un guide que mon boss m'a offert,
Et appris pendant le trajet en charter,
J'inspire, et leur dis d'un air fier:
«Songez aux effets secondaires,
Si je récupère un lance-pierres.
Je peux déraciner vos molaires,
Ou ouvrir vos arcades sourcilières».
Finalement j'aurais dû me taire,
Je suis plus Gandhi que Schwarzenegger.
Les 3 bandits sortent un cutter.
Je n'ai pas le temps de réfléchir sur l'antimatière,
Je sprinte avec détermination,

Pour m'extraire de cette altercation.

Je me mets à l'abri derrière une falaise.
Fallait s'en douter, la mission s'achève.
Mais une belle suite, le sort me réserve.
A Paris, les journalistes m'accueillent.
Je deviens VIP, les paparazzi
Éblouissent mon orgueil.
Je me prends pour Daniel Auteuil.

{Sur Youtube, tapez : '10trayant Envoyé spécial'}

SMS de Roselyne : « J'ai accouché d'une BMW Roadster. Ça vaut le coup d'être enceinte ! »

J'ouvre la lettre de mon cousin Marvin, qui vient de boucler son premier tour du monde. Il me conte en chanson le déroulement de son expédition merveilleuse :

Je prends place dans un biplace.
J'explore l'envers du décor du Vercors.
Je pars encore en Corse.
Je fais une halte dans les Alpes.
Je m'extirpe d'une avalanche,
Avant de traverser la Manche.
Je passe à Aurillac en Cadillac.

Je bifurque avec des nanas au Panama.
Je partage des pastèques, avec des Aztèques.
Puis un steak poivré, et je me sens enivré.
Je traverse la savane dans un Van tractant une caravane.
Mais un porc-épic me pique, durant le périple.

J'ai besoin de changer de paysage.
Je me décide à partir en voyage.
Je prends le large à la nage.
J'affronte les tornades, les orages.
J'absorbe un thé, un maté, un saké.
Ça y est, je suis au taquet.

J'enlève une Miss Monde en Égypte,
Que je dépose dans ma Jeep.
L'instant est magique.
Sur un verre d'exquis whisky, on se quitte.
Tracté par des huskis, je repars sur des skis.
Je fais du ski nautique en Australie.
Là-bas, je discute avec un gourou,
Originaire de Kourou, qui joue avec des kangourous.
Je visite les 115 îles de l'archipel des Seychelles.
Je me promène à Tahiti en Bugatti.

Je sème la zizanie en Tanzanie.
A Bali, des singes me font un massage.

Aux Canaries, je me marie.
J'épouse une Andalouse.
A Marrakech on crèche.
On visite les environs en aviron.
Je me ballade, dans les bras de ma compagne,
Dans les campagnes d'Allemagne et d'Espagne.
Des ouragans, des tremblements de terre.
La Terre est en colère.
Je me cache dans un monastère.
A mon goût trop austère.
Alors j'accroche des posters.
Au Cap Vert, on me sert de la cachupa.
Après des langoustes à Pukhet,
Je déguste des chouquettes au Fouqet's.
Je boucle mon tour du monde, rempli d'escales...

{Sur Youtube, tapez : '10trayant Tour du monde'}

SMS de Roselyne : « J'ai trouvé un lingot

de cholestérol sous mes pieds. Je peux me faire dans les 30 000 € tu penses ? »

Mon compte est aussi sec qu'un désert, je suis encore à découvert. Je désespère... A force de me serrer la ceinture, moi je ne respire plus. Le resto, ce n'est même pas la peine d'y penser.

Un crapaud buffle vivant sort de ma boîte de pâtes !

SMS de Giovanni : « Tu as aimé le coup du crapaud géant? Par contre n'y touche surtout pas, sa peau est très toxique. » J'en déduis qu'il a hacké mon ordiphone et qu'il a conçu l'amphibien avec l'ordre de se localiser dans mes nouilles.

En croquant dans mon hamburger, ma dentition éclate lors de la collision avec une dent étrangère.

Une énorme araignée se promène tranquillement dans mon Chili con carne. Mon appétit s'envole. Comme ma bonne humeur d'ailleurs... C'est la goutte d'eau, le vase déborde. Je vais me coucher. Je crois que ce n'était pas ma journée...

16

Destination Finale

En fin de compte, je me lève, au sortir d'une méditation de vingt-sept minutes et quarante-deux secondes (pour les puristes).

Par la fenêtre, j'aperçois K-Reen qui traverse une période de somnambulisme : elle monte sur la voiture du concierge et imite King Kong en se frappant la poitrine d'un air fier et en hurlant. Des gendarmes armés jusqu'aux dents viennent l'arrêter. Ils débarquent à quinze, car elle déploie une force phénoménale.

J'ai un lit, un canapé et un bureau à monter. Je sollicite Krystal, voici sa réponse : « Je vais devoir raccrocher, je n'ai plus beaucoup de batterie.

-A chaque fois que je te demande de m'aider à monter des meubles, bricoler, me faire une course, me prêter ta voiture ou de l'argent, tu me dis que tu n'as plus de batterie.

-Ah tiens, ça alors c'est truculent comme coïncidence. A la prochaine. » C'est qu'elle se paye ma tête en plus.

Aïcha, quant à elle me rétorque avec un sourire narquois dans la voix : « Je passe dans un tunnel, je crois que ça va couper. »

Keenan : « Attends, j'ai un triple appel. Je te rappelle le mois prochain. » L'année prochaine pendant que t'y es. Goujat.

Rachida : « Je ne peux pas, je suis en pleine dépression. Tout effort physique ou moral est formellement interdit. Je ne peux faire que dormir. »

Zora me répond : « Je ne peux pas, je me suis fait un brushing ce matin. »

Alice pulvérise d'une voix mélodieuse : « Béh tu sais bien, je n'ai pas le droit de travailler, je suis Corse. J'ai une réputation à tenir. Ce n'est pas facile tous les jours. »

La voix de Fadela virevolte dans les airs, à la manière d'un Airbus A400M :

« Je ne peux pas.

-Pourquoi ? Tu as mal au dos ?

-Non, je me suis fait les ongles ce midi. » Quelle bande de feignants.

J'ambitionne d'organiser une soirée avec mes amis. Je passe en revue mon portefeuille de contacts. Je commence par appeler Weston. Je lui laisse un message sur son répondeur, il est en train de travailler.

Ensuite je contacte Mathias. Sa femme Patricia casse l'ambiance : elle m'apprend qu'il a eu un infarctus ce matin, et qu'il est en observation. Ça alors.

Serena, quant à elle, a eu une embolie pulmonaire alors qu'elle disputait une partie de tennis.

Je n'ai pas eu de nouvelles de Nathan depuis un moment. Peut-être qu'il est mort. Ou pire, il est devenu pauvre.

Je contacte Giusseppe, mes oreilles sirotent les paroles fruitées de sa femme : « Un fou a tiré de sa fenêtre sur des passants, il en a tué quatre, dont Giusseppe. Courage pour cette épreuve. » Je subis un choc émotionnel. Jamais je ne vais entendre une bonne nouvelle aujourd'hui ?

Je demande des nouvelles d'Ambroise : « Ils l'ont mis en prison ce week-end. Il a été victime d'une erreur judiciaire. » J'adore la société !

Le mari d'Anaïs me révèle qu'elle est décédée ce matin, des suites d'une brique tombée sur le sommet de son crâne. On n'est même pas vendredi 13.

Concernant Keola, j'apprends qu'une enseigne publicitaire lui est tombée dessus. Elle ne s'en est pas remise. Ironie du sort, il s'agissait d'une publicité vantant les mérites d'un casque de protection (qui lui aurait évité ce genre d'accident mortel).

Une météorite est tombée dans le salon de Tatiana : elle a transpercé le toit et son corps.

Pour Cécilia, accident domestique : elle échangeait une partie de Wii avec son frère, les coups lui ont été fatals.

Carlos a reçu un colis piégé.

Timéo a eu une rupture d'anévrisme.

Quant à Tanya, elle est en garde à vue.

J'ai eu des nouvelles de Maxence : « Son capital vital est engagé. Il a été battu à mort en pleine rue : selon les médecins légistes, il a reçu des coups de hache, tronçonneuse, poêle, casserole, friteuse, râteau, pelle, tournevis, fémur de footballeur, marteau piqueur, bétonnière, tondeuse à gazon, jante en aluminium, pot d'échappement, pneu, train d'atterrissage, câble électrique, multiprise, onduleur, aquarium, dictionnaire, poignée de porte d'une maison individuelle, ordinateur dernier cri, télévision haute définition 1080i, téléphone dont le bluetooth était activé, souris sans fil, rocher lituanien, bouteille d'huile de tournesol, lacet marron-gris, chaussure gauche de ski, lance d'incendie, tranche de jambon fumé, corde à sauter, guidon de BMX, pédale de VTT, snowboard, solex, platine de DJ, pochette du dernier disque de Johnny Hallyday, DVD Blu-ray. » La précision des médecins m'épate !

Vladimir a été lynché par une bande de quatre jeunes. Les médecins l'ont plongé dans un coma artificiel.

Angelina a eu un accident de la route.

Swanny est morte, victime d'une bavure policière.

« Kelvin s'est fait enlevé par un OVNI orange fluo durant la nuit » ont affirmé plusieurs témoins.

Bella s'est fait dévorer par une meute de loups-garous.

Freemont a eu un accident d'ascenseur.

Angélique est décédée accidentellement ce matin : elle a été écrasée par la porte de son garage.

Saïd ne répond pas. Il a dû se faire dévorer par des caïmans. Ou pire, il s'est fait larguer par sa femme.

Paloma se fait opérer de la prostate. Surprenant pour une femme.

Yannick a reçu des balles perdues. Les secours sont arrivés trop tard.

Zachary a mangé un kebab. Il n'était pas frais, il ne s'en est pas remis.

Sabine s'est faite dévorée par des ragondins.

C'est dingue tout ce qu'il s'est passé ces derniers jours ! Un remake de *Destination Finale ?* Qui est le prochain sur la liste ? Je surfe sur une vague de mauvaises nouvelles. Heureusement que j'ai un cœur de pierre, sinon j'aurais inondé le pays, juste avec mes yeux.

Je vais voir Guy, le voisin nerd : « Hey l'ami, ça te dirait une *party* chez moi ce soir ?

-Je ne peux pas, je viens d'acquérir le dernier *Call of Duty*.»

A la même question, Kaïli me répond : « Non, je ne peux pas rater *Plus Belle La Vie*. »

J'appelle Malik : « Hello, je fais une soirée chez moi ce soir. Tu es dispo ?

-Non.

-Tu travailles ?

-Je ne sais pas, je n'ai pas encore trouvé d'excuse. » Sympa.

Voici la réponse d'Éden : « Très honnêtement, si tu es présent, non. » Merci.

A Hector : « Salut, ça te dirait de se voir ce soir ? Et si tu as la chance d'avoir des amis, tu peux les emmener.

-Oh non, j'ai envie de m'amuser moi. »

A Henry de me répondre : « Oh non, j'ai

envie de passer une bonne soirée. »

Je n'ai plus d'amis, alors je prends un Curly. Une sensation de mélancolie couplée à une incompréhension m'envahit.

Mais il faut savoir avancer et se changer les idées.

Un individu sonne à ma porte. J'attrape une boîte de conserves, au cas où ce serait des méchants venus pour me défigurer (non non, je ne suis pas parano). Ah non c'est bon, c'est un gentil, je reconnais la tête de Giovanni. Il tombe pile poil pour le dessert.

Je lui conte les mésaventures de ma matinée, par ordre chronologique.

Tandis que nous levons un toast, sa voix dépoussière mes meubles : « Je te souhaite que pour ton travail ça continue comme ça. C'est tellement dur d'en trouver ces temps-ci.

-Ah non, mais ne t'inquiète pas pour ça, ils m'ont viré ce matin. » C'est l'événement que j'avais omis de lui raconter. Il plaisante: « On pourrait faire un livre sur ta vie !

-Justement je suis en train. »

Par la suite j'apprends qu'il est en couple avec une infirmière depuis hier. Sa langue tricote des paroles joviales sur les atomes d'oxygène :

« Depuis que je sors avec une infirmière,
Ma vie est devenue extraordinaire !
Elle est mon anxiolytique, ma pilule magique.
Elle m'enlève tous mes tics.
Sa thérapie est magique.
Sa compassion a une action d'antiseptique,
Sur mes blessures psychiques.
Je trouve son allure si chic,
Qu'elle booste ma condition physique.
Elle me rassure, elle éradique mes courbatures.
Elle déploie de sa mallette
Des phrases qui soignent le mal-être.

Elle déclenche la délivrance de mes souffrances.
Les douleurs, elle les extermine.
Jasmine, c'est ma morphine,
Elle me bombarde d'endorphines.
C'est ma dope, ma vitamine, c'est ma dopamine.

Ses aptitudes me désinfectent de mes inquiétudes.
Mes douleurs chroniques sont du passé,
Elle me les a toutes effacées.
Une péridurale durable dans le temps.

De ses pores s'évaporent des extraits naturels médicinaux.
C'est peut-être un effet placebo, mais il me faut
Un patch pour que je ne pense plus à elle.
Elle régule mon équilibre émotionnel.
Un sevrage d'elle, et j'ai des troubles du sommeil.
Il suffit d'un tête-à-tête,
Pour que je perde mes maux de tête.

Ma copine, c'est un centre thermal.
Ses miracles relèvent du banal.
Ses paroles ont le même effet que le paracétamol.
En conclusion, elle est la clé de ma santé.
C'est pourquoi j'ai besoin de mon apport journalier.
Des scientifiques m'ont contacté par cabine téléphonique,
Ils aimeraient réaliser des essais cliniques.»

{Sur Youtube, tapez : '10trayant Flirt avec une infirmière'}

A ce moment-là, il me pose une colle : « A

ton avis Paulo, est-ce le fait de flirter avec une infirmière qui produit tous ces bienfaits ? Ou suffit-il simplement de tomber amoureux ? » Ce n'est pas à moi qu'il faut demander ça. Surtout aujourd'hui ! Il enfonce le couteau dans la plaie, là où ça fait mal.

Sur ces mots qui me donnent des angoisses, des douleurs abdominales, dorsales et cervicales, ainsi que des migraines, nous quittons la pièce pour faire un tour à l'extérieur. J'ai tellement mal que je laisse échapper : « Oh là là, qu'est-ce que j'ai mal au dos...

-J'ai une application pour ça. »

J'aimerais que quand je sors de chez moi, des particules de joie intense soient en suspension dans l'air et contaminent tous les êtres vivants. « Il y a une application pour ça, elle est en cours de conception » me souffle Giovanni. Il a encore lu dans mes pensées.

Tout en esquivant les tirs de flash-balls des brigades ainsi que les tirs de paintball des citadins en réponse, je l'interroge : « Comment vous êtes-vous rencontrés avec Jasmine ?

-Oh, je l'ai trouvée seule sur la voie publique en pleine nuit, complètement ivre et pleine de boue. Elle m'a fait pitié, et j'avais de la place sur mes épaules.

-Tu plaisantes ?

-Jamais quand je parle de ma femme incroyable. »

Dans l'optique d'assouvir notre soif spontanée d'aventure, nous nous dirigeons vers une supérette.

Giovanni tombe sur une amie et collègue de sa femme. Il m'indique : « Paulo, je te présente Bétadine. Elle est aide-soignante.

-Comme son nom l'indique » je m'amuse à préciser. Grand silence, cela ne fait rire que moi. Bétadine s'adresse à Giovanni : « Je te présente Gaël : mon fils.

-Il fait du tennis ?

-On me la fait dix fois par jour cette blague. »

Nous remplissons nos sacs à dos d'une batterie d'articles de tous genres.

Arrivés à la caisse, Giovanni hacke, à l'aide de son smartphone, le système antivol des portiques de sécurité, ce qui nous permet de passer en toute impunité. On gardera les produits, les offrira ou les revendra sur ebay. Ça met du caviar dans les épinards. Les plus grands délinquants ne sont pas ceux que l'on croit.

Giovanni part regagner son bureau.

Je vois Wesley. J'augmente sa fréquence cardiaque en lui lançant d'une voix sinusoïdale : « Salam alikoum mon frère ! Ça va gros ?

-Je purge ma peine. » Je lui fais une accolade amicale. « Ne me tape pas s'il te plaît. Je me suis déjà fait lyncher vingt-six fois ce midi. J'ai mal partout. » C'est une victime du système.

17

Roselyne

Je passe chez Roselyne.

Elle me fait un croche-pied, d'entrée de jeu, pour me saluer. Elle commence déjà à faire tourner ma tête : « Il y a des aristocrates sur la moquette, veille à ne pas les écraser.

-J'essaierai d'être vigilant.

-Tu veux manger qui ?

-Personne en particulier.

-Tu veux manger quoi ? J'ai des croquettes, du pâté de Yorkshire, un restant de la jambe de ma sœur, des excréments de mouettes, des queues de lézards, des lasagnes de pigeons de Montmartre, des oreilles de ministres mexicains, des orteils d'employés de Tepco, des langues de PDG ? Lequel de ces mets te met en appétit ?

-Aucun, je n'ai plus faim.

-Tu veux boire quelque chose ? J'ai de

l'huile de coude, de l'ADN d'agriculteurs, de la transpiration d'ex-dictateurs nord-africains et de basketteurs espagnols ?

-Ça ira, merci.

-Alors je te sers un jus de termites pour aller avec tes cheveux insalubres ?

-Aller, soyons fous.

-Mets-toi à l'aise, fais comme chez toi : appelle la police, vide toutes les bouteilles de lait sur le parquet, lance des cocktails molotov sur le canapé, mets de la crème glacée sur les fenêtres. » Comment sait-elle que je fais tout ça chez moi ? Sa bouche m'arrose de paroles : « Méfie-toi, il y a un crocodile affamé dans ce placard. » Elle poursuit : « Tu peux prendre une douche, j'ai du liquide de refroidissement dans le frigo. » Elle est sévèrement dérangée. Et là je ne parle pas de transit intestinal.

« Regarde, j'ai acheté de nouvelles gencives sur un site taïwanais. Elles sont très performantes. »

« J'ai construit une ligne Maginot entre ma cuisine et mon salon. » En affirmant cela, elle tourne sur elle-même ; mange un hot-dog sans ketchup ; tape *911* sur son portable ; appelle son ex et récite toutes les fables de La Fontaine ; crispe le front ; se gratte l'oreille gauche, les deux mollets et la cuisse droite ; se taille une veine ;

dépose une fausse moustache sur son visage botoxé ; achète des prothèses *made in China* ; boit trois bouteilles de jus d'ananas ; enlève son foie, son rein, son estomac puis les remet ; enlève puis remet sa perruque ; toutes ces expressions corporelles signifient qu'elle est mal à l'aise, donc mal dans sa peau, donc elle ment.

« J'ai reçu un e-mail dans mes chaussures. On n'arrête pas la technologie ! » Là elle ne ment pas.

« Oh là là, un panda géant marche sur le plafond, et toi tu ne me dis rien. » On ne va pas se quereller à cause de ses hallucinations visuelles quand même ?

« J'essaye d'accrocher des rideaux sur les nuages, mais c'est difficile, mon escabeau est trop petit. Peux-tu m'aider ? »

Je l'interroge : « Est-ce normal qu'il y ait un chat dans le micro-ondes ?

-J'ai dû le confondre avec ma tranche de gigot. J'ai quelques problèmes de vue. » Ses soucis proviendraient plutôt du cerveau.

J'avance de surprise en surprise : « Comment se fait-il qu'un bébé soit dans le frigo ?

-Il est aux voisins. Tu peux aller leur rendre, ils sont au 308. » J'y vais de ce pas.

Elle ouvre le placard pour se choisir une nouvelle tenue.

Un amérindien dort sur une étagère ! Réveillé par le bruit, il lâche dans l'air : « Buenos dias amigos ! Je ne sais pas ce que je fais là. J'ai le souvenir d'un troquet ; une centrale nucléaire ; une brouette ; des gendarmes ; des tirs de flashball ; une équipe de footballeurs américains se faisant des passes avec un sanglier ; un taureau lancé à ma poursuite ; cette femme coincée dans une cheminée, puis qui essayait de faire rentrer un parapente dans mes souliers et un pot d'échappement dans mon œsophage. Après plus rien, c'est le trou noir, le flou complet. Ah si, vous monsieur, je vous ai vu rigoler et prendre des photos en observant un rhinocéros sortant des égouts en dansant. » Eh, ça c'est vrai.

Roselyne en a assez du monsieur, elle le jette par la fenêtre.

Elle veut faire un tour en ville. Je la suis.

« Il pleut des biscottes beurrées au sang de licorne arôme *Prix Nobel de la Paix*, c'est un événement rare dis-donc. » Mais elle se rend compte de ce qu'elle dit ?

L'écervelée prononce à une contribuable : « Attention madame ! Vous faites tomber des fonctionnaires quand vous marchez. Mais heureusement j'ai la solution : je vous vends trois vaccins contre le H1N1 pour le prix de deux. C'est bien parce que c'est vous. » Je marche à l'ombre de sa folie.

« Salut chef. Pourquoi tu t'es déguisé en chaise électrique ? Dis-moi, ça te dirait des vaccins contre le H1N1 ? Je te les fais à des prix défiant toute concurrence. C'est une très bonne idée de cadeau pour un anniversaire ou la Saint-Valentin » émet-elle à un rugbyman qui n'a pas l'air d'apprécier son sens de l'humour. « Pourriez-vous me jouer un solo de violon goût rhum-raisins ? » tente-t-elle pour se rattraper. Elle n'est pas sortable.

« Monsieur ! Vous avez fait tomber un embrayage, un train d'atterrissage, un doigt d'honneur et deux chiffres de vos poches » reproche-t-elle écologiquement à un citoyen qui a eu le malheur de passer par là. « Oh mais dis donc, je vois que vous n'êtes pas vacciné contre le H1N1. Justement j'ai des vaccins sur moi, vous avez une sacrée chance ! Vous en voulez combien ? Une bonne douzaine ? Quoi? Vous ne voulez pas protéger votre famille ? Quel égocentrique celui-là alors ! Quelle horreur ! Vous me donnez une poignée de billets et je vous laisse tranquille. Ce serait dommage de perdre la vie pour une histoire de radinerie non ? » Pour mettre fin à cette pression, le pauvre monsieur fauché lui en achète vingt-trois.

On s'arrête à la boulangerie. J'annonce avec une éloquence bien ajustée : « Bonjour, j'aimerais deux caissières s'il vous plaît. Bien blanches si possible.

-Pardon ?

-Je souhaite deux baguettes bien blanches. Où est le problème ? Il faut que j'aille chez le boucher pour avoir du pain ? »

C'est au tour de Roselyne de passer commande : « Je vais vous prendre un castor bien cuit enduit à l'hydrogène, le tout rejetant le plus de dioxyde de carbone possible.

-Désolé madame, on n'en fait pas ici. Par contre je peux vous proposer du pain. »

Mes oreilles prennent une douche de mots : « J'ai comme l'impression qu'une mégalopole s'est glissée dans mon jean pendant que j'avais le dos tourné vers le pays du soleil levant. Pas toi ?

-Maintenant que tu me le dis... »

Nous entrons chez le charcutier. Elle annonce d'une voix rock'n'roll : « Bonjour, bonne année, bonne nuit. J'aurais besoin de trois smicards hachés. C'est pour faire des steaks tartares.

-Ça tombe bien, je voulais me débarrasser

de trois employés qui me prennent le chou et qui coûtent cher à ma PME. »

Roselyne s'interloque : « Pourquoi tu ne danses pas ? Parfois je te trouve vraiment bizarre... »

La tête de Roselyne, c'est une pendule. Ses envies changent toutes les secondes. Du coup, ce coup-ci on entre chez le poissonnier. Elle lance : « Je vais prendre une limonade au sang de loup-garou, du vinaigre à base de sueur de premier ministre italien et un paquebot saveur *Petite maison dans la prairie*.

-Je n'en ai plus en stock. Ça part comme des petits pains. »

Roselyne laisse échapper : « Tiens, j'ai envie de tuer quelqu'un. »

Je l'ai perdue de vue. Elle a dû se cacher sous une voiture pour me faire une blague, comme d'habitude.

Je zappe mes pensées, jusqu'à tomber sur un souvenir partagé avec Clara, mon avant-dernière ex. Je vous le dévoile en exclusivité, version FPS :

Je commence à stresser, ma moitié ne va pas tarder à rentrer.
C'est le calme avant la tempête.

J'avais une heure à flinguer, alors j'ai incrusté des fils barbelés à son collier.
Tanpis pour les mœurs, hier elle n'avait qu'à pas me chercher.
Ça y est, ma cochita est arrivée. Ça va saigner !
Elle est gentille, mais il ne faut pas la chercher.
Je lui demande si sa journée s'est bien passée :
« Arrête de jacasser, tu vas te retrouver les jambes cassées. »
Ma gonzesse, c'est une ancienne FARC.
Pour avoir une idée de son apparence,
Imaginez King Kong qui fait du kung-fu.
Des fois on se fait des compliments, mais sur un ton agressif.
Nos rapports conflictuels sont habituels. Nos querelles sont éternelles.
Quand on discute, on embraye toujours sur une dispute. C'est systématique.
Nos conversations sont électriques,
On essuie chacun son tour des pluies de critiques.
Je suis anxieux pour mon rendez-vous chez le dentiste.
Alors je lui crie dessus, ça m'apaise.
Mais soudain, elle sort une arme blanche de

sa manche.
Au même moment elle me traite de baltringue,
Alors je la paralyse avec une épingle.
Oh mon Jah ! Maintenant je comprends pourquoi on nous appelle les ninjas,
Les foldingues, les frappadingues. Quelle époque de dingue !

Y' a de l'électricité dans l'air. Qui aime bien châtie bien.
Je n'aime pas quand elle a une batte de baseball dans les mains.
Elle me tape sur les nerfs, et je lui rends bien.
Je peux lui mettre un coup de boule sur un coup de tête.
On s'envoie des lettres de menace, car les lettres d'amour nous agacent.
Nos sarcasmes accroissent notre enthousiasme.
L'atmosphère est explosive. On est un couple explosif d'impulsifs.

Elle essaye une nouvelle robe, et prononce :
« Ne dresse pas de conclusions trop hâtives,
Sinon vont tomber toutes tes gencives. »
On se met des claques, des baffes, puis on

s'esclaffe.
On s'insulte, on crée des disputes, des tumultes.
On se crie dessus, mais on s'adore. Enfin je pense.
J'oublie mes douleurs à l'épaule et au poignet,
Et dépose une rose, bourrée d'épines, sous son oreiller rose.
Elle prend ses cliques, ses claques,
Retourne le clic-clac, et quitte la pièce en un tic-tac.
C'est comme ça, tous les matins.
Elle pète un câble, avant de redevenir aimable.
Elle me blâme, ma haine s'enflamme.
Je donne des coups de crosse, ça décrasse.
Mais je crains le retour de flamme de l'assoiffée d'hémoglobine.
En effet, mon front a gardé la trace de son physique colossal.
Ces désagréments agrémentent notre idylle.
On se taquine.
On se crêpe le chignon, et elle trouve ça mignon.
Toutes nos interactions sont des altercations.
Notre relation est gorgée d'action.

Je lui ai mis une jambe dans le plâtre, dans le feu de l'action.
Je lui ai défiguré la face, dans la précipitation.
Je lui ai tordu les deux chevilles et la moelle épinière, dans l'excitation.
La situation s'aggrave, sa réaction est nucléaire :
Je reçois l'équivalent d'une frappe de Maradona dans l'oreille.
Elle met le feu aux poudres, je prends la poudre d'escampette.

Elle a eu l'outrecuidance de mettre mon honneur à mal,
Du coup, je lui assène des gifles magistrales.
Si elle a des fringales, je lui verse des cigales et des mygales dans ses céréales.
Grâce à moi, elle se régale.
On a un caractère bien trempé,
On s'éclabousse de la cruauté à longueur de journée.
J'ai dit le mot qu'il ne fallait pas, elle a fait le geste qu'il ne fallait pas.
Le volcan s'est réveillé. On reprend les hostilités.
On laisse notre animalité refoulée

s'exprimer.
Hier j'ai dit bonjour à une voisine dans les escaliers. (C'était K-Reen d'ailleurs)
Résultat : double fracture tibia-péroné.
Elle a fait sa crise de jalousie. C'est ce qui se passe, à force de trop s'aimer.
Ma douce dame est une fauve dans un corps qui a abusé des altères.
Un sourire en bandoulière, on s'énerve pour détendre l'atmosphère.
On prend un bol d'air, l'hystérique vide le chargeur de son revolver.
Mais il faut l'excuser, elle a des sautes d'humeur.
J'aurais mieux fait de me taire, et de mettre une genouillère.
Et encore, là elle n'était pas énervée.
On se vanne en permanence.
On nourrit une profonde haine, en guise d'amour.

{Sur Youtube, tapez : '10trayant Un couple explosif d'impulsifs'}

Elle avait trop de personnalité, j'avais dû prendre la décision de revenir sur le marché des célibataires.

18

Giovanni

Je me présente : je m'appelle Giovanni.

Je suis développeur d'applications informatiques pour smartphones et tablettes électroniques, au sein d'une start-up en pleine expansion.

Mes collègues sont légèrement détraqués. Par exemple il y en a un, dès qu'il fait tomber un objet, il s'écrie : « Reviens ! » Et il ne bouge plus, il attend que l'objet remonte de lui-même. Puis il émet des signaux de détresse : « Je vais me moucher, ça va peut-être faire accélérer les choses. » C'est un peu l'asile à mon travail... Mais c'est le stress qui fait ça, à ce qu'il paraît.

Loïc, dès que je me lève de mon bureau pour ramasser un objet ou effectuer une photocopie, des mots se défenestrent de sa bouche : « Reste assis ! Tu seras payé pareil. »

Claudine s'exprime : « Et mince, j'ai gardé mes pantoufles. J'ai encore oublié d'enfiler mes chaussures ce matin », d'un air las.

Une autre répète tous les matins : « Décidément, je ne suis pas du matin... ». Et l'après-midi elle répète toutes les trente minutes : « Décidément, je ne suis pas de l'après-midi non plus... »

Quand je place des syllabes dans ses synapses : « Qu'as-tu fait ce week-end ? », ses particules sonores gesticulent dans mes oreilles : « Oh, trois fois rien, j'ai terminé une dépression, vite fait. »

Un autre employé me confie : « Eh moi alors, je flirte bien avec une nana que je n'aime pas. Pourtant, je ne me plains pas. »

J'ai besoin d'une autorisation pour amorcer un processus, j'appelle le chef. Après trois sonneries, ma bouche laisse échapper : « Le jour où les directeurs travailleront et répondront au téléphone... Il doit encore être au café. Toujours en pause !

-Ce jour est arrivé, cher monsieur. Je vous écoute ? » Oh la boulette ! « Bonjour monsieur le directeur, c'est monsieur Kidorre du service informatique, Giovanni Kidorre. J'aimerais savoir, concernant le projet IDTR58, si je peux lancer le périphérique 12-Alta ?

-Il est urgent de ne rien faire. »

Au fait je ne vous ai pas dit : je suis en couple avec une infirmière, dénommée Jasmine. Lorsque j'ai capté son image pour la première fois, j'ai aussitôt dressé un avis de recherche. Squattant toutes mes pensées, j'avais un besoin viscéral de la revoir, j'étais envoûté. Voici ce que j'avais rédigé, puis placardé sur les arbres, les murs, les présentoirs des commerçants, les WC publics, les bus, le métro, les bancs, les bâtiments, les pare-brises, les jeans des citadins que je croisais, la Tour Eiffel, la statue de la Liberté :

Avez-vous vu une Vénus au parfum envoûtant, à la voix délicieuse ?
Je recherche une chimère de lumière, dont même l'ombre est lumineuse.
Qui a tellement de lueur dans ses yeux, qu'on peut apercevoir les cieux.
Je recherche la demoiselle qui efface mes émotions néfastes.
On a échangé des bribes de conversation,
Avec amour et passion, elle a retenu mon attention.
Et j'ai bien l'intention de la retrouver.
Elle est entrée par effraction dans ma

mémoire.

C'est à Elle, que je trouve si belle, que je dédie ces décibels.
Elle a placé mon âme en détention provisoire.
Chaque jour, je caresse l'espoir de la revoir.
Yeux émeraude, cheveux châtains, il s'agit d'un appel à témoins.
Si vous l'avez remarquée, n'hésitez pas à m'appeler.

Tous les jours, j'ai des visions. Avec elle, je me vois en fusion.
Son grain de peau était d'une pureté absolue, lorsque l'on s'est croisé dans la rue.
Le premier jour où je l'ai vue, extraordinaire elle m'a paru.
On ne peut pas le nier, c'est clair, dans mes yeux s'est dessiné un éclair.
C'est clair, on ne peut pas le nier, je suis sa victime, son prisonnier.
Je me sens asphyxié, en manque d'air.
Elle m'a ensorcelé, je suis en manque d'elle.
Je pense à elle, et je deviens immortel.
Je plaide coupable d'être fou d'elle.

Comme Faudel, je pourrais le crier, le chanter.

Sa gentillesse est en surcharge pondérale.
Filante elle serait, si elle était une étoile.
Son charme est phénoménal, à en faire effondrer le Colisée.
Son sourire radieux a irradié mes yeux.
Entendre sa voix qui résonne, ça m'étonne, je frissonne, mon euphorie bouillonne.
Ses pupilles pétillent, comme de la Badoit.
Y' a pas que toi qui aimerait être dans ses bras.

Aujourd'hui, on en sait un peu plus dans l'investigation.
Selon les premiers éléments de l'enquête, son nom serait breton.
Il s'agirait d'une personne au pouvoir de séduction colossal.
Les autorités locales m'ont confirmé qu'elle n'était pas banale.
Un groupe de personnes a témoigné :
« Il faut voir la réalité en face. Sa classe menace, et fracasse toutes les glaces. »
Ils l'ont aperçue récemment. C'est tout, pour le moment...

{Sur Youtube, tapez : '10trayant Avis de recherche1'}

Pour mon plus grand plaisir, la gendarmerie a retrouvé ses traces, et l'a géolocalisée. Désormais, l'avoir à mes côtés, ce n'est que du bonheur ! Et je pèse mes mots. Bon ok, ça ne fait qu'une journée qu'on est ensemble.

Avant Jasmine, j'étais en couple avec Lily-Rose :

Il y a deux mois, un OVNI multicolore a jailli d'une voiture.
On a tweeté grandeur nature.
Mais après un French Kiss, elle m'a dévoilé son côté obscur.
J'ai fait une mauvaise pioche,
Mais je ne pouvais pas deviner, elle était loin d'être moche.
C'est un rosier c'te fille : c'est beau comme ça, mais ça pique !
Ses yeux limite bioniques sont pathétiques.
Son style m'horripile.
Elle m'agace. Elle a autant de grâce, qu'un hippopotame.
Quand je l'emmène à C&A, Zara ou Etam, disons que... payer, ce n'est pas son truc.
Elle me le fait comprendre, avec une habileté déconcertante.

Elle me suit partout, comme un bouledogue, elle est trop collante.

Je dois lui dire qu'elle est belle, que ses cheveux sont soyeux,
Lui dire je t'aime tous les week-ends, lui peigner les cheveux.
Elle veut des bisous, des bijoux. Du coup, je n'ai plus de sous.
L'aiguille de sa balance a plus d'importance que ma présence.
Je n'ai qu'une envie : couper les ponts, jeter l'éponge.

Je dois la combler de bonheur, l'appeler princesse, altesse.
Je n'en peux plus de sa voix, de savoir qu'elle a finit tous mes Sveltesse.
Elle m'oppresse.
De toute manière, ses manières irritent mes nerfs.
Elle fouine dans mes affaires, elle me pompe l'air !
Je lui dois beaucoup de choses à cette gonzesse :
Sans elle, je n'aurais pas de casier judiciaire,
Pas de maux de tête, pas de remords...

L'armoire est remplie à ras-bord, et elle me sort : « Je n'ai rien à me mettre. »
Mais qu'est-ce qu'elle me prend la tête !

Je lui demande gentiment de faire sa valise, et quitter mon appartement.
C'est vital, c'est urgent.
Sa respiration est irrégulière, comme sa situation actuellement.
Le soulagement voit le jour dans le séjour.
Elle évacue son chagrin avec du Nutella.
Puis soudain elle met mon appart sans dessus-dessous.
Ça crée du brouhaha.
Ça réveille les voisins, ils atterrissent tous chez moi.
En pensant aux dettes que je leur dois, ils aident la déglinguée.
Après cette intervention musclée, la déchaînée a disparu de mon sas,
Sans laisser de traces.
Hélas, je ne pourrais plus lui glisser des limaces dans son immense tignasse.

{Sur Youtube, tapez : '10trayant Mauvaise pioche'}

C'est ma pause du midi, je me rends chez

Paul, un très bon ami depuis longue date.

J'envoie une impulsion lyricale : « Et niveau cœur, ça se passe bien ?

-Pas trop, figure-toi. La semaine dernière, mon médecin a diagnostiqué à l'échographie une anomalie à une artère qui alimente le cœur. De temps en temps, je fais des malaises, mais rien de grave.

-Ah mince. A la base, je voulais te demander comment ça se passait avec Loana ?

-Ce n'est pas la grande forme non plus, elle m'a quitté ce matin.

-Aïe.

-Mais t'inquiète, je rebondis avec aisance : je lance des opérations séduction dans la rue, je mets des annonces un peu partout.

-Ah bon ? Je peux les voir ?

-Pas de souci : suis-moi, je t'emmène au supermarché. »

Je vous fais part desdites annonces :

Cherche femme divorcée (qui ne soit pas en retraite) ayant une très bonne situation, ainsi que 2 ou 3 enfants, comme ça, ça, ce sera fait.

Cherche femme milliardaire, ou au pire millionnaire.

Cherche gonzesse qui adore cuisiner, faire la vaisselle, passer l'aspirateur, qui ne pose pas de questions, qui n'embête pas son mari lorsqu'il regarde un match de foot en enchaînant les bières.

Cherche femme qui aime payer le loyer, les factures, faire les courses, offrir des cadeaux à son homme.

Cherche femme, peu importe l'âge et le physique, qui gagne très bien sa vie.

Je travaille également pour une branche secrète du Pentagone. Dès qu'ils ont besoin de moi, ils m'appellent pour réaliser des missions (extrêmement lucratives en passant). A l'aide de leurs dispositifs surpuissants, ils ont détecté les activités clandestines de ma troupe de nerds. Au lieu de nous dénoncer et nous jeter à la police, ils ont négocié pour que l'on coopère.

Par exemple là je viens de recevoir un e-book confidentiel détaillant le contexte et les objectifs d'une opération issue du programme *Team X-6*. Le but ultime de ce projet est de retrouver des Hommes génétiquement modifiés (par l'accident nucléaire de Fukushima) dispersés sur la planète bleue. Ils souhaitent les faire intégrer dans les rangs de l'armée américaine, pour décupler l'efficacité des GI's. Ils ont repéré une femme-vampire dans mon secteur, je dois mettre la main dessus.

19

Oussama

(Paul = le narrateur)

Je rentre chez moi.

Foudroyé par la terreur, j'aperçois un homme d'une vingtaine d'années au teint ensoleillé et au look de gangster chic et décontracté, affalé sur mon canapé telle une *couch potatoe*. Il arbore une chaîne en or factice. Par contre son bracelet électronique semble vrai. Il est couvert de tatouages et a deux rangées de dents en or. Il tire une tête qui m'informe qu'il est furieux que je le réveille.

Ses paroles enrobées d'un fort accent arabe crispent mon plexus solaire : « Salut mec. Au fait désolé de vivre chez toi mais tu comprends, ces temps-ci dans mon pays, la Libye, c'est la guerre et tout. La répression est sanglante. J'ai perdu tous mes proches. Tes raisins, abricots et figues étaient délicieux ! » Oh, ma corbeille à fruits est vide ! Il parle très bien français. J'apprends qu'il est rentré par la fenêtre que j'avais omis de fermer avant de partir. Je suis au deuxième étage quand même. « Et puis ton fromage de brebis, tes tranches de tournedos, tes yaourts…

-Stop ! » Il a vidé mon frigo. « Au fait moi c'est Oussama. Mais un Oussama version *qui ne tue pas les gens.* Ne t'inquiète pas, je suis gentil et je ne pratique pas le terrorisme. Et toi tu es ?

-Au bord de l'infarctus.

-Vous avez tous des noms bizarres ici.

-Non, mon pseudo c'est Paulo.

-Comme ce vêtement que je t'ai emprunté ? Et accessoirement que tu n'as même pas pris la peine de repasser. *(Il s'est servi dans ma garde-robe, normal)*

-Oui.

-En tout cas c'est super sympa que tu m'héberges. Je me sens bien ici. Bon, ça manque d'ordre et de ménage, mais ça va j'aime bien. Tiens, je vais me servir un verre de vin, vu que tu ne me le proposes pas.

-Mais je t'en prie, fais comme chez toi. Ça va tranquille, il ne manque pas d'air le type…

-J'annonce que je t'emprunte tes WCs, j'ai

un A380 en bout de piste. Ça change des Rafales qui survolent mon pays.

-Tu as le rendement d'une usine de traitement des déchets. » Vexé par ma remarque, il m'implore : « Si tu pouvais éviter de me cracher dessus quand tu parles, je t'en serais très reconnaissant. »

En se lavant les mains dans la salle de bains, il me questionne, choqué : « C'est normal qu'un cadavre calciné gise dans la baignoire ?

-Oui, il s'agit de l'ancienne concierge, elle m'énervait à râler tout le temps et à casser l'ambiance dès que je faisais des soirées privées. J'ai oublié de la descendre à la cave, j'irai tout à l'heure. »

A l'aide de mon portable, je fais apparaître une armée de nains, et leur intime l'ordre d'emmener le Libyen dans un centre de réfugiés adapté.

Comme tout individu lambda qui se respecte et d'une démarche fruitée, je descends prendre l'air afin de me dégourdir les jambes.

J'établis un contact visuel avec une jolie *girlita*, à la frange massive et à la coiffure graphique. Son sex-appeal m'appelle. Elle se nomme Lourdes (un prénom d'espoir). Son épiderme est aussi sombre que son passé. Sa langue est aussi vivante qu'un volcan en sommeil. C'est une bombe anatomique, dommage qu'elle ne soit pas intéressante. Au revoir. A qui le tour ?

Je rencontre une femme enrobée d'un style chic & swag. Vu sa coiffure, je me dis qu'elle n'a pas besoin d'oreiller. Sa voix improbable pose un papier peint sonore multicolore sur les murs invisibles de l'air. Je puise dans la richesse infinie de la langue pour assembler des phrases lourdes de sens.

Elle se prénomme Eva. Sa voix sucrée gravite autour de mes oreilles béantes : « Quel est ton code barre ?

-Pardon ?

-Ton matricule, c'est quoi ?

-Mais... Je ne sors pas de prison.

-Mais c'est quoi ton nom ?

-C'est demandé tellement gentiment.

-Houla, ça doit être dur à porter, un nom aussi long. Ça ne doit pas être facile tous les jours. » Silence pesant.

Elle est hypersensible : dès que je prononce les mots 'État', 'argent', 'travail', 'salaire', 'enfants', 'mari', 'coût de la vie', 'prix de l'eau', 'hausse du carburant', elle fait une crise de tétanie et lâche des larmes faisant couler son maquillage. C'est immonde.

Sa langue pète la forme : « Je me disais que peut-être éventuellement, toi et moi, on pourrait... s'offrir l'immense privilège de partager un repas ? » Elle m'invite chez elle. Youpi ! Il y a encore des gens normaux et gentils, ça fait plaisir. J'espère juste qu'il ne s'agit pas d'un dîner de cons...

On monte à bord de son supercar trafiqué rempli de cadavres.

Avec épouvante et horreur, je lui demande : « Tu préfères conduire les yeux fermés, c'est normal ?

-T'inquiète, j'ai l'habitude.

-Pourquoi tu renverses un nombre himalayen de piétons et que tu réalises un délit de fuite à chaque fois ?

-Parce que je ne peux pas faire plus d'une chose à la fois, et actuellement je te parle. D'ailleurs, si tu vois des voitures de police qui nous suivent, vise-les et appuie ici. Car je conduis sans permis. » L'objet qu'elle me confie est un lance-roquettes pour information. Elle fait exploser le compteur des infractions.

(Faites entrer l'accusé) Une fois entré chez elle, des propos supersoniques décollent de sa

bouche : « Tu veux manger quoi ?

-Tagliatelles, saumon, cheeseburger, spaghettis, chips, vin adéquat, ce serait cool.

-Non mais je parle de nourriture spirituelle. » Excuse, nous n'avons pas les mêmes valeurs.

Des toiles d'araignée enrobent les boulettes de bœuf. Je sens que je vais me régaler !

Je partage mon ressenti : « C'est tellement bon que j'ai envie de le donner au chien, pour lui en faire profiter.

-Je n'ai pas de chien.

-Eh bien conserve-le dans une boîte spécifique en attendant d'en avoir un. C'est tellement bon que j'ai envie de passer au plat suivant, je ne mérite pas un repas aussi succulent.

-Tu vas te calmer oui ? Sinon je vais te casser les omoplates avec mon tournevis à remonter le temps.

-Il est du coin ce vin ?

-Non, il est d'ici ». Je sens que l'on va bien s'entendre !

Je goûte son dessert. Je trouve le biscuit très dur. « Tu vois ces gâteaux ? Hé ben ils sont comme mes abdos » lui dis-je pour la faire rêver.

Ma langue effectue des acrobaties vertigineuses dans les airs : « Parle-moi un peu de toi.

-Alors, j'ai des troubles paranoïaques : j'ai sans arrêt l'impression qu'un canard mexicain m'observe. Je ne me sens jamais en sécurité, surtout s'il n'a pas mangé depuis des semaines, tu vois. Je suis fatiguée, déprimée, ma tête est aussi vide que mon compte bancaire. J'ai mal partout, je me sens comme Axelle : raide. Ensuite, je dirais que... j'ai un fâcheux penchant pour la boisson également.

-Oh ma pauvre.

-Non, mais ne t'inquiète pas, je suis romantique et je sens bon, donc ça compense. Et puis, je ne me laisse pas marcher sur les pieds : j'ai fait trois ans de judo, deux ans de boxe thaïlandaise et quatre ans de krav maga. Si tu m'énerves par exemple, je pourrais te plier la colonne vertébrale en deux, te paralyser, déraciner tes molaires, ouvrir ton arcade sourcilière avec mon verre, te broyer les os, et j'en passe. Mon dernier ex, il a eu l'outrecuidance de mettre mon honneur à mal un jour, en me traitant de sardine. Et ben je peux te dire qu'il n'a pas fait long feu. On m'appelle *Qui s'y frotte s'y pique* dans mon quartier mal famé. »

En outre, j'apprends qu'elle est complexée parce qu'elle a des pissenlits qui poussent sous ses pieds. Plutôt pittoresque comme handicap.

Ses palabres, enrobées d'une voix

mélodieuse, volent à contre-courant du vent : « Au fait je suis mentaliste. Depuis petite, j'ai un sens de l'observation et de la déduction hyper-développé.

-Génial ! Tu peux me faire une démo ?

-Pas de souci : je vois que tu te coupes les ongles à ras, donc tu mets systématiquement un tutu pour aller à la messe du dimanche. Je me trompe ?

-Ton flair m'impressionne !

-Je lis aussi sur les lignes de tes mains que tu as l'habitude de glisser du roquefort dans les chaussettes des gens.

-Strike ! »

Ses lèvres pulpeuses vaporisent dans l'air: « Eh au fait, tu sais ce que mon corps a éjecté en allant à la selle ce matin ? *(oh non, pas ce sujet pendant qu'on mange, je t'en prie)*

-Je ne sais pas, un calamar géant avec un masque d'Harrison Ford ?

-Pas du tout, ton cerveau est empoté. Il y avait un flamant rose, un donut, une pendule, un aquarium et du dentifrice. C'est un signe de quoi à ton avis ? De prospérité tu penses ?

-Ça veut dire que si tu réalises trois rotations dans le sens des aiguilles d'une montre, tu verras apparaître des oiseaux androgynes, obèses et à l'hygiène irréprochable nager dans ta baignoire.

-Ton raisonnement tient la route. Tu as sans doute raison.»

Elle se vaporise du désodorisant pour WC sous ses bras.

Une fois le repas terminé, elle s'étonne : « C'était quand même bon pour un plat périmé depuis trois mois. » Comment ça ?

Alors que la Reine d'Angleterre fait un *lap dance* à Benoît XVI, des derviches tourneurs se trémoussent sur du Céline Dion autour de moi. Un troll danse le boogaloo (danse reposant sur des ondulations et des contractions du corps) avec deux gobelins. La créature verte fait virevolter sa massue. José Bové engloutit un plat composé exclusivement d'OGM. La scène est bourrée d'action : McGyver saute brusquement du Titanic, et coupe la moustache de José, pour fabriquer une Lamborghini. Ce qui lui permet de rentrer chez lui sans payer de taxi, c'est bien pratique. Il fait le voyage le sourire aux lèvres, content d'avoir fait des économies.

J'ouvre les yeux. Je découvre avec effroi qu'une de mes jambes est coincée dans une bouche d'égout. Aucun individu (parmi la cinquantaine empruntant le trottoir) ne vient à mon secours, naturellement.

Je quémande à un passant : « Excusez-moi, pourriez-vous m'aider à me relever s'il vous plaît ?

-Je ne peux pas, je suis feignant.

-Ah pardon, je ne savais pas. » Non assistance à personne en danger. Pourtant j'y ai mis la forme.

Je demande à une autre piétonne : « Excusez-moi, pourriez-vous m'aider à me relever s'il vous plaît ?

-Alors ça jamais, je hais les gens qui sont trop polis. »

Une autre me répond : « Je ne peux pas faire plus d'une chose à la fois. Et en ce moment j'attends. Désolé. » Je dois me débrouiller seul.

Yves, me voyant ainsi, balbutie : « Houla, il faut vraiment que j'arrête d'aller au troquet... »

Tout en essayant de me relever, je réfléchis à outrance pour rassembler des bribes de souvenirs et en déduis que Eva m'a drogué. Je constate également qu'elle m'a pris des musiques, photos et vidéos que j'avais sur mon portable.

Au secours, le taureau que j'avais engendré ce matin pour m'amuser fonce droit sur moi !

A deux mètres de moi, il s'écroule, sous l'effet d'une flèche tirée par une elfe/archer. J'aperçois Giovanni, qui supprime les deux personnages d'un geste tactile sur son téléphone : « Tu as de la chance que je passais dans le coin ! » Il m'aide à me relever, tout en me réprimandant : « Pense à détruire les avatars que tu crées, une fois que tu n'en as plus besoin. Et n'abuse pas de cette fonctionnalité, sinon la confidentialité de nos activités serait en danger. » Il vaque à ses occupations, c'est-à-dire réfléchir à la conception d'un logiciel révolutionnaire.

20

Meetic

Une Aphrodite pénètre mon faisceau visuel. Son allure de féline et son regard sauvage m'hypnotisent. J'apprends par sa copine qu'elle s'appelle Emma. Ça me convient.

Au sortir d'un brainstorming (si poussé que je ne sais même plus comment je m'appelle ni où j'habite), je mets en place un nouveau plan d'action des plus redoutables, créé à partir de calculs ultrasophistiqués. Je donne l'impulsion : « Excuse-moi, tu n'aurais pas une cigarette s'il te plaît ?

-Non, désolé.

-Ça tombe bien, je ne fume pas.

-Hein ?

-Oui, c'est juste pour la tentative d'approche, l'excuse pour entamer la conversation, tu vois. J'ai remarqué que ça commençait toujours comme ça. » *Shocking*. Elle me regarde avec suspicion, comme si j'avais la tête d'un gars qui poursuit des gens avec une machette et un tablier maculés de sang. Elle est aussi sceptique que la fosse à côté de laquelle je titube. J'ai beau lui vaporiser de l'antiseptique, ça ne change rien.

Pendant que des habitants armés de battes de baseball et de poings américains cassent tout ce qu'ils croisent, elle me fait un discours équivalent à 200 pages Word. Elle me sert de la confiserie grammaticale.

Elle me confie qu'elle est passionnée par la musique :

Un cerveau, une voix. En musique ou acapella.
C'est la thérapie qui me soulage des orages de la vie.
Elle m'a diverti, puis séduit.
J'écris pour exister, vider mon âme.
Évidemment, je consomme les maux et les mots par kilogramme.
Tous ces soucis me pèsent, alors j'écris, ça m'apaise.
C'est le fouillis dans ma tête, j'ai besoin d'extérioriser la tempête.
Emportée par une tornade poétique, j'effectue ma gymnastique rythmique.

Je fais des échauffements, des mouvements,
Des étirements, lors de mon yoga grammatical.
Je me place sur les starting-blocks, et je mets le turbo sur le tempo,
Qui se traduit par un sprint verbal.
Je passe du aigu au grave, je change d'octave.

Un, dos, très, j'ai perdu mon stress.
Je pète une durite, pour oublier je mets du rythme.
J'utilise les mélodies et les mots, en guise de thalasso.
Le stylo saigne, le stylo pleure. Le stylo parle, jusqu'à tes haut-parleurs.
En somme, je consomme des tonnes de consonnes,
Qui sonnent et résonnent de mon microphone à ton iPhone.
Branche ton sonotone, et klaxonne, et frissonne, et fredonne
Cet air qui dégomme, qui t'étonne, qui t'assomme.

Le monde est ma muse, la musique m'amuse.
J'aime cet art, je pratique jusqu'à tard.

La rythmique est ma drogue,
Je la promène partout, tel un bouledogue.
Ça manquait de beaux textes, alors je me suis lancé.
Puis c'est devenu mon botox, donc j'ai continué ma lancée.
Ma passion dévorante rend récurrentes mes nuits blanches.
Je me soigne musicalement,
Mes mélodies m'administrent des calmants.
Victime de pulsions musicales, j'envoie des décharges lexicales.
J'ose poser ma prose, je l'expose.
Quand tu l'écoutes, à l'oreille elle t'explose.
De la bonne prose, j'en consomme à haute dose.
L'histoire se construit au fur et à mesure que je bats la mesure.
J'entre dans un cosmos intemporel, parallèle, irréel, surnaturel.

Oups, ma bouche accouche des phrases louches.
Mais cette mélodie ma mis l'eau à la bouche.
Depuis le banc de touche, des propos sont expulsés de ma bouche.
Je me contrôle plus, paraît que je louche, je

dois avoir l'air louche.
Mais c'est qu'une mise en bouche.
Si l'extraordinaire est une cuillère, la musique est une louche.
De ma tête, des textes riches surgissent.
Je rajoute des mélodies pour que ça rugisse.
J'ouvre ma bouche à rimes, j'actionne la boîte à rythmes.
Je prends le BIC, je prends le MIC'.
Sorti des bas fonds, ça part d'un bon fond, mets les baffles à fond.

{Sur Youtube, tapez : '10trayant Musicothérapie'}

J'enclenche le détecteur de pensées : « Rho, j'ai des asticots dans les cheveux. Il serait temps que je les lave. J'espère qu'il ne les a pas vus. Je l'aime bien ce type. » Je saute sur l'occasion : « Je te trouve très sympathique.

-Et ce n'est pas tout : j'ai aussi des grands pieds, des oreilles et des orteils aussi bien entretenus que mon jardin, des aisselles aromatisées aux airelles et aux fruits des bois, des ongles mi-longs, une silhouette harmonieuse, des habits de haute couture excellemment bien repassés par mes soins. »

On rebondit avec vivacité sur l'actualité.

Elle donne cinq euros à un vagabond. J'aère ma bouche : « Je te trouve très altruiste.

-Et tu n'as pas tout vu : j'ai aussi des chaussettes en nylon pour augmenter ma vitesse de pointe, une ceinture riche en manganèse pour améliorer le confort intestinal, des ballerines en tungstène pour doper la circulation sanguine, des prothèses dentaires en aluminium pour booster le confort buccal et la puissance de la mastication, un sweat-shirt *Fair Trade* en soie du Chili pour participer au développement du commerce équitable, une doudoune en polyester pour protester contre les enfants soldats, une écharpe en laine de Sibérie pour soutenir la recherche spatiale...

-C'est bon, on a compris.

-Comment ça 'on' ? Combien héberges-tu d'individus dans ton corps ?

-46 *Storm Troopers* + moi.

-Ah quand même. Mais il y a assez de places pour tout ce beau monde ?

-A l'aise. Mais tu ne t'arrêtes jamais ?

-Arrêter quoi ? De travailler ? Si, ça fait six ans, je n'aimais pas ça. Ça me donnait des migraines, des courbatures et des remontées gastriques. Aussi les relations avec mes collègues et mon patron étaient difficiles à vivre.

-Je ne parlais pas de ça... » Elle est trop singulière, je ne suis pas intéressé, je la délaisse.

Je déploie l'appli *coup de foudre* : les deux personnes les plus proches dans mon périmètre tombent subitement et profondément amoureuses l'une de l'autre. Il s'agit de... Zahia et Guy ! Le monde est petit !

Je m'aperçois que le fils de Yves, âgé de 10 ans, a été contraint de prendre le volant pour ramener son père de la fête organisée par le réseau social, car il est une nouvelle fois trop ivre.

SMS de Roselyne : « Ça y est, j'ai mangé la voisine. Elle engendrait trop de nuisances sonores dans le bâtiment. Les habitants vont me congratuler. »

A l'aide de mon téléphone, je navigue sur le web et m'inscris à un site de rencontre. Je visualise les petites annonces :

*Je m'appelle Richardine. Je cherche un amant pour le jeudi soir, car tous les autres soirs je suis occupée avec d'autres hommes. Dans la vie j'aime boire, fumer, me droguer et dormir. Je tiens à préciser que je déteste faire des efforts (travailler, faire les courses, le ménage, du sport, conduire).

*Je m'appelle Karolina Hamilovitch. J'aime

le whisky, la bière, le foot, la moto, le bodybulding, les films d'horreur, la chasse, les chasses à l'homme, les escroqueries, les reportages trash sur les guerres dans le monde et le grand banditisme, les vendettas, les *Go Fast*, les attentats terroristes, les braquages à main armée. Je travaille dans une start-up spécialisée dans la fabrication d'armes.

*J'ai 22 ans, je sors d'une relation compliquée avec cinq hommes en même temps.

*Je me prénomme Logan, je suis roumaine et passionnée d'automobile. Ma musculature est alimentée par un carburateur à quatre vitesses sous-cutané, qui décuple ma puissance physique, critère fort utile en cas de discorde avec mon ou mes interlocuteur(s). De surcroît, je dispose d'une transmission quattro incluant un différentiel central à pignons en couronne, me garantissant une transmission nerveuse des plus rapides disponibles sur le marché humain. On me dit souvent que j'ai un joli design. J'aime les sensations fortes. Je suis une boute-en-train, sauf quand je démarre à froid. Je consomme peu de carburant, sauf quand je sors en discothèque. Mon bas de caisse, je veux dire mes pieds, ont une maîtrise parfaite des trajectoires, notamment grâce à une suspension rallye tout-terrain en titane que j'ai installée dernièrement avec l'aide de Sébastien Loeb. Un système de freinage à double circuit en diagonale ajoute de la plus-value à mon organisme customisé ; je suis une citadine avant tout, mais je suis également capable de m'habituer au milieu rural sans difficulté ; je suis doté de jambes en alliage aluminium-carbure de tungstène, une ligne sportive, un habillage extérieur agréable pour la rétine, une bonne adhérence au sol (sauf en cas d'aquaplanning) ; un biréacteur omnirôle auto-lubrifié à faible détectabilité et à économie d'énergie, dissimulé dans mes quadriceps, m'offre une assistance au démarrage en côte.

Pour conclure, je dirais en toute humilité que j'ai un rapport poids/puissance (intellectuelle et physique) aussi performant que rare sur le marché des célibataires.

*Je m'appelle Zahia, je cherche trois hommes. Je vous avouerais que j'ai un faible pour les footballeurs. *(Tiens, il s'agit probablement de la copine de Guy)*

*J'ai 35 ans, je suis passionnée par les maladies, surtout les incurables. Néanmoins je suis allergique aux nems : quand j'en mange, je fais une crise d'hypersociabilité et d'indécence : j'embrasse et donne des fessés à tous les individus que je rencontre. C'est plus fort que moi, je me sens transcendée.

*J'ai 42 ans, j'aime regarder les gens qui prennent des photos de moi toutes les minutes. J'aime redonner le sourire aux gens. Je suis quelqu'un de confiance, sauf les lundis et mardis.

*Je m'appelle Rebecca. J'aime danser le modern jazz devant la mairie chaque soir avant de me coucher, et observer les gens chez eux via des jumelles. J'adore dénigrer les gens, ça me donne confiance en moi. J'adore m'ennuyer. Je cherche un plombier de 22 ans et demi aux yeux verrons pour le mercredi après-midi, un facteur de 33 ans pour le vendredi soir, un maçon pour le samedi soir, un mari séduisant à outrance pour les dimanches où je suis de sortie, et enfin un homme qui m'accompagne et vient me chercher au travail tous les jours.

*Bonjour, je suis Pakistanaise. Je recherche un taliban non armé, non kamikaze et non macho. Merci.

J'en contacte quelques-unes.

21

Seduction Game

Je perçois la voix de Yves qui emprunte un chemin adjacent au mien : « Tiens, je vais boire un petit coup chez Monique. »

Je retourne sur le ring pour mettre en place de nouvelles techniques de séduction. Ça me fait penser que la vie est une succession de matchs de séduction : séduire le DRH lors d'un entretien d'embauche, séduire des inconnus pour qu'ils se transforment en amis, séduire son âme-sœur… La vie est un jeu en somme.

Je tchatche avec Elektra, une miss dont les lacets sont aussi jaunes que ses dents. Ses ballerines sont aussi blanches que les narines de Lindsay Lohan ou de Jean-Luc Delarue. Son t-shirt chocolat est sérigraphié en turquoise :

Travailler plus pour se faire escroquer plus. Sa silhouette est squelettique. Ce ne sont pas des jambes qu'elle a, mais deux orteils allongés.

Elle me fait part de ses réflexions métaphysiques. « L'univers a tendance à construire des unités structurales de complexité croissante » annonce la couleur de la conversation. De mon côté, pour contrer, j'exploite les subtilités de la langue pour créer des mots d'esprit et jongler avec, mentalement parlant.

Elle est hors du commun. Je parle de sa veste magenta, bien entendu.

Avec la femme qui a consommé trop de laxatifs, nous nous engageons sur un chemin escarpé. Je promène la femme à la mauvaise haleine et à la transpiration excessive jusqu'à un pont d'où des sportifs du dimanche sautent à l'élastique. A la seule différence qu'ils ont oublié d'attacher l'élastique. Je suppose qu'ils travaillent à France Telecom.

Tous les gangsters de ce quartier s'installent sur des bancs et... dévorent des tonnes de bouquins. C'est aussi surprenant que de voir une girafe sortir d'un supermarché. Ils savent que le savoir est une arme. Et par définition un gangster adore les armes. « Hey ma gueule, j'ai quand même un 22 long rifle planqué dans ma chaussette droite, au cas où il y ait de l'action. On ne sait jamais ce qu'il peut se passer dans ce ghetto hyper explosif » confie un banlieusard aux touristes asiatiques impressionnés, entre deux citations de Tupac, leur chef spirituel.

Alors que des blattes, des hippocampes et des verres à soie s'extirpent des oreilles d'Elektra, elle m'embrasse. Ma langue remarque que des toiles d'araignée et des restes d'aliments tapissent sa bouche. Mes papilles gustatives me renseignent qu'elle a déjeuné de l'agneau, des brocolis, des courgettes, des tomates farcies et du melon ces douze dernières heures. « Question mec, c'est ma dixième année sabbatique » me précise-t-elle.

Elle est tellement belle, que je préfère regarder le panneau stop, que je trouve craquant comparativement. Je lui dis que j'ai la gale, comme ça elle me lâche les baskets.

Pour m'amuser, j'écris un SMS et l'envoie au iPod d'une jeune femme branchée qui circule à ma droite. Une voix articule en volume maximum et avec l'effet *vuvuzela* dans ses écouteurs: « Je suis ton père ! » Elle sursaute et se retourne partout ! J'ai réussi mon coup.

Un spécimen m'aborde. Je n'apprécie pas qu'on me dérange quand je suis en train de penser à K-Reen. En plus elle a un esthétisme décevant.

On s'échange des données verbales. Elle me parle avec des mots qui me donnent envie de passer ma vie dans une cabane en Slovénie à observer les ours bruns. « Moi c'est Isabella-Andreas. C'est comme Morgane, mais en plus long. » T'as raison.

Un excrément de pigeon tombe pile dans mon gobelet rempli de café. Elle affirme : « Tu as de la chance, ça c'est rien. Le pire ce sont les fientes. » Gros blanc. Elle est aussi cultivée qu'un champ en jachère.

Elle aborde avec ardeur sa vie quotidienne. Je lui sers de psychanalyste : elle évoque ses mal-êtres, exorcise ses démons. Je dois avoir un faux air de Freud. Tous ses soucis lui pèsent, alors elle m'insulte, ça l'apaise. Je la quitte.

SMS de Roselyne : « Bien arrivée sur Uranus. Ne traîne pas, il commence à y avoir des embouteillages d'astromobiles. »

Une drôle de créature emo chatouille ma rétine. Un look glam-trash, des mégas talons, un perfecto, un slim noir et une choucroute version Amy Winehouse. Des scarabées, scorpions, mille-pattes, fourmis, termites, mouches, moustiques circulent librement au sein de son énorme tignasse. Ambiance jungle dans ses cheveux. Je pourrais sûrement y trouver des espèces endémiques. Mais je n'ai pas que ça à faire.

Elle me parle avec des mots, à en faire paniquer un baba cool.

Il lui suffit de deux phrases pour te rendre dépressif. « Les enfants, c'est bien comme ça, mais après quand c'est chez toi tu ne sais plus quoi en faire. Et puis des fois tu les égares dans la voiture, le congélateur, le lave-linge. »

Je vois des tonnes de choses dans ses yeux : une cervelle broyée gisant sur un carrelage, un Hummer rempli de dollars et de seringues, un handballeur décapité et une boîte crânienne écrasée par une Maybach. C'est impressionnant. Sachant que les yeux sont les fenêtres de l'âme, ça fait peur !

Si par un hasard incroyable, un passant me demandait d'effectuer une métaphore géopolitique sur sa personnalité, je dirais que cette femme est comme la Corée du Nord : renfermée sur elle-même, et hostile aux étrangers.

Je ne me sens pas bien à ses côtés. Bye.

Deux individus discutent de choses et d'autres : « Il roule sur l'or ce mec. A ce qu'il paraît, il a même un jacuzzi dans sa Twingo !

-Ah bon, il roule en Twingo ? En effet, il est

blindé. »

Une femme attire mon attention. Elle est aussi fraîche qu'un trèfle à quatre feuilles enrobé de la rosée du matin. Mais son attitude me souffle : « Vas en Tasmanie. Peut-être que j'y suis, qui sait ? » J'encaisse avec légèreté. Je me dis qu'il y a pire comme situation : je pourrais être bloqué dans un grand-huit la tête en bas pendant huit heures ; être victime de gastro-entérite dans un embouteillage dont on ne voit pas la fin ; être enfermé dans un lave-linge.

Yves passe à côté de moi, je l'entends se plaindre : « Aïe, je me sens mal, je suis trop sobre. »

Je suis subjugué par un prototype. Sa voix aux sonorités reggae me renseigne qu'elle se prénomme Loana. Ce prénom est trop chargé d'émotions pour moi. Je ne peux pas supporter cette pression. *Ciao bella.*

Une femme réprimande son mari : « Tu n'as pas honte de rentrer si tard ? Tu t'es arrêté au bistrot après le travail ? Bon ça va pour cette fois, je ne vais pas t'attacher sur l'antenne du toit avec ton pull, je suis d'humeur festive et décontractée. »

Je donne la réplique à une naïade détendue et aux cheveux mauve peroxydés. Cette fille est tellement fraîche, qu'elle me désaltère. Elle s'est glissée dans un t-shirt *Je veux + 2 pouvoir d'achat*. Son regard m'ensorcèle : il me donne envie d'escalader la tour Burj Khalifa à mains nues, m'asseoir sur le toit et manger des endives au jambon. Mais j'ai d'autres choses à faire aujourd'hui.

Elle me donne des cours d'histoire et de géographie. Pas cher le soutien scolaire.

Elle a une voix douce et romantique. Elle me captive, juste par sa rhétorique.

Avec spontanéité, douceur, prestance, parcimonie et délicatesse, je lui propose : « Puis-je t'inviter à boire un verre ? C'est pour les besoins d'un roman. » Avec nonchalance, incrédulité, indifférence, prise de poids ponctuelle, acuité visuelle subitement défaillante, bâillements intempestifs, somnolence, démence, hochements de tête et mal de dos, elle refuse.

Je chope une conversation téléphonique : « Allô Oprah ? Oui c'est Winfrey. J'ai rassemblé 1400 guerriers corses, on se prépare à attaquer le Palais de l'Élysée. On va leur faire part, paisiblement bien entendu, de nos idées révolutionnaires dans l'optique d'améliorer la société. » Ils sont sur un coup fumant.

SMS de Roselyne : « J'ai régurgité des

guitares électriques toute la nuit. Je n'aurais pas dû boire des cocktails de décibels à la radio hier. »

Un couple échange des mots : « Tu peux me passer ton portable ? Le mien est en rade.

-Sois belle et tais-toi » rétorque son Roméo, maladivement radin.

Ma vue est irrépressiblement aspirée par un être dont la silhouette a une géométrie acceptable. Je la vois déambuler en *slow motion. Eye contact* : on se jauge du regard.

Je marche à l'ombre de sa splendeur aussi surnaturelle qu'étourdissante. Je lui révèle que tous les tournesols de la planète se tournent vers elle, car sa beauté est plus rayonnante que le soleil. Le pire c'est qu'elle me croit.

Un lézard sort du col de son chemisier : le summum de l'élégance. Je cherche une excuse pour générer un acte de galanterie : « Tu dois avoir froid comme ça. Tu veux que je te prête ma veste ?

-Non, je n'ai jamais froid aux yeux. » Cette tactique ne fonctionne pas sur elle. Je lui prends la main, elle me prend la tête.

Je soupire toutes les 3 secondes, histoire de mettre de l'animation dans la conversation.

Ses paroles surfent sur l'air : « Oh mince, j'ai oublié mon mari dans le garage ! Désolé, je dois te laisser. » Oh non, elle a un mari.

SMS de Roselyne : « C'est bon, j'ai détourné l'avion avec un laser, comme tu me l'avais demandé. Prépare-toi à sauter, il va bientôt passer devant ta fenêtre. »

Je réfléchis à de nouvelles stratégies d'approche, mais mes neurones sont constipés. Donc je continue à draguer à l'ancienne. Je fais des mises à jour de mon subconscient. Je fais un reset, je redémarre en mode sans échec. La vie est un feu qu'on peut faire grandir. Mais si on ne l'entretient pas, il s'éteint. On doit protéger notre flamme intérieure des vents défavorables.

Je branche un nouvel individu. Alors qu'une de ses mèches exécute une retournée acrobatique, elle m'informe qu'elle se prénomme Shine. Je la joue tranquilou en lui demandant ce qu'elle fait dans la vie : « La journée j'attends qu'il soit l'heure de se coucher. Et la nuit, je dors.

-Ce sont les chroniques d'une hyperactive » j'ironise. Elle le prend mal. Avec hargne et conviction, elle me quémande : « Et toi ?

-Je suis SDF.

-Je dois te laisser.

-Non mais attends, chez moi ça signifie : Sans Demoiselle Fixe. Je suis célibataire quoi.

-Ok, je reste. »

Profitant d'un moment de calme, j'enclenche le détecteur de pensées : « Il a une tête de cafetière. Mais ça encore ça passe. C'est quand il parle qu'il m'énerve. » Je m'en prends plein la tronche en fait. Heureusement que je ne suis pas dépressif.

Elle ouvre la bouche et déverse une voix acidulée : « J'ai hâte que les affaires reprennent.

-Moi j'ai hâte de boire un verre avec toi.

-J'ai hâte que mon mari, alias *le barbare*, sorte de prison.

-Moi j'ai hâte d'avoir ton numéro. »

Sa langue s'entraîne pour le marathon de New York : « J'ai une grosse envie de travailler. Vite, il faut que je me dépêche avant qu'elle se dissipe. C'est pourquoi je dois te laisser. » C'est pour dire en version allégée que je ne suis pas son style.

SMS de Roselyne : « Je me suis déguisée en chien à l'haleine fraîche. »

Je caresse du regard une Vénus. Je saisis un plan drague.

Elle est claqueuse. C'est celle qui prévient le public lorsqu'il doit applaudir, sourire, rire et dire : « Cette émission est géniale ! »

Elle a passé la première phase de test avec succès, c'était le protocole de contact/initiation en territoire étranger. D'une voix schwarzeneggerienne, je lui demande énergiquement : « On s'arrête à ce bar ? » C'est la balle du match de séduction. Néanmoins elle me répond avec apathie et fatalisme : « Non ». Elle n'a pas l'air très emballée, elle ne dit plus rien. J'interromps l'absence de bruit : « Tu ne parles pas ?

-Non : quand j'étais petite, j'ai donné ma langue au chat, et depuis j'ai un chat dans la gorge, donc je ne peux plus parler. » Avant d'ajouter : « J'adore le silence : lui au moins il ne te juge pas, et il a une grosse capacité d'écoute. » Vu sous cet angle...

On ne se parlait pas. Donc non, on ne s'est pas fâchés. Elle est sans odeur ni couleur. Mon envie d'approfondir l'individu est coupée net.

22

Fiesta chez K-Reen

Souvent, lorsqu'elle fait une crise de somnambulisme lors d'une sieste l'après-midi, K-Reen sort dans la rue et invite des passants au hasard pour faire la fiesta chez elle. Aujourd'hui par exemple, elle vient me chercher (sans savoir qui je suis) et m'accueille dans son appartement dans lequel une vingtaine de personnes exécute des pas de danse endiablés. Oh mince, j'ai oublié de faire un triple salto arrière, un headspinning, un backflip et un 360° backside. Dommage, ça aurait fait classe comme entrée.

A gauche, une blonde platine. A droite, une bombe latine.
En face, un DJ aplatie la platine.
Les filles en paréo donneraient chaud à des

esquimaux.
La foule est en délire.
Une gyal enrobée de cachemire entre dans ma ligne de mire.
Son sourire 24 carats vient de me séduire.
Elle m'inspire, elle m'attire. A vrai dire, je l'admire, je chavire.
Produit de l'année, mon cœur vient de l'élire.
Dans le bleu de ses yeux, je vois du feu, des flammes.
Je deviens fou, je m'enflamme.
La température sature, le mercure hurle.
La selecta m'entraîne, j'ai choisi ma reine.

Venga venga, ici c'est le fire !
C'est la fiesta, la samba, la bamboula. Baila, baila !
Aïe aïe aïe, c'est de la dynamite ! Banzaï...
Cet aprem c'est une crazy night. Ça part en freestyle !
Bingo. C'est le fuego. Let's go. Les gens sont dingos !

Une bombe atomique au parfum psychédélique,
M'aborde sur une musique électronique.
Elle m'offre une danse frénétique,

tellurique, volcanique,
Dynamique, éthylique, idyllique, chimérique.
Ça devient physique, technique.
Sur le rythme, on s'applique.
Ce clone de Jennifer Lopez est aussi bouillante que de la braise,
Ou le Piton de la Fournaise.
La bimbo au sang chaud chante, avec une voix digitale, à en faire fondre le cristal.

Je change de Cendrillon. J'attrape les mains d'une human bomb,
Enveloppée d'une robe de satin rouge. Elle veut zoomer, winer.
Je danse le tchatcha avec ma muchacha.
Je me sers contre ma cavalière particulière, célibataire, originaire d'Outre-Mer.
Ambiance collé serré, sur un tempo décalé.
Je fais une figure très complexe, puis je décompresse.
It's so fun ! We are in heaven !
Il est six heures moins le quart, je lui propose à boire.
On doit se revoir ce soir.

{Sur Youtube, tapez : '10trayant Venga, venga, ici c'est le fire!'}

Un voisin qui ne parvient pas à se concentrer pour visionner un talk-show à cause du vacarme assourdissant débarque, empoigne violemment K-Reen, l'emmène dans sa salle de bain, et place sa tête sous la poire de douche.

A son réveil, dans un premier temps elle ne comprend pas ce qu'il se passe chez elle, puis elle renvoie tout le monde en leur criant dessus, comme s'ils avaient forcé l'entrée.

Il ne reste plus qu'elle et moi. Des posters de *Twilight* tapissent les murs. Un indice de plus, la balance commence à peser. Ma vue percute un livre nommé *Comment hypnotiser quelqu'un*.

Pour remplir les interstices de silence, elle évacue une phrase tout à fait banale : « Tu veux boire quelque chose ?

-C'est une très bonne idée.

-Alors, j'ai de l'Efferalgan, du sirop d'érable, du sirop contre les angines et de la tisane à élimination en gros blocs.

-Ça ira, en fin de compte.

-Tiens, je ressens un coup de foudre.

-Merci. Toi aussi, tu m'as séduit.

-Non, je parlais de la foudre de l'orage. Je voulais dire qu'elle n'était pas tombée loin.

-Ah ok, dommage. Et tu fais quoi dans la vie sinon ?

-J'attaque des distributeurs de billets à la voiture bélier, j'ouvre des fourgons blindés à l'explosif. Ça dépend des jours.

-Ah c'est jazzy comme vie. Moi j'étais chef de produits marketing dans une agence de communication, je suis aussi écrivain, chanteur et membre actif d'un parti politique. D'ailleurs, n'hésite pas à jeter un coup d'œil sur notre programme.

-Je ne peux pas, j'ai peur du vide.

-Ah oui dans ce cas, il ne vaut mieux pas alors. Et sinon, tu n'as pas d'amis ?

-Si si, mais ils m'attendent dans le placard.

-Ok ok. Bah tiens, puisqu'on n'en parle pas, tu fais quoi ce soir ?

-Je braquerai des banques, certainement. Au fait, ne le prends pas mal, mais tu as une poussée d'acné.

-Non, ça c'est les cicatrices du passé. » Toutes les mauvaises nouvelles que j'ai apprises depuis ce matin (surtout les décès) m'ont donné des éruptions cutanées, qui s'ajoutent à mes boutons de moustique.

Je lui lance : « Tu n'as pas heurté quelque chose ? *(Elle regarde autour d'elle, dans un début de panique, quelle idiote !)*

-Non, je ne crois pas.

-Ma sensibilité par exemple ? »

Je tente une approche corporelle. Mais je sursaute en tâtant sa chevelure, elle est électrifiée ! Elle me précise avec virulence, voracité, pugnacité : « J'ai eu un accident capillaire. Mais ne fais pas le malin, sinon je vais te pulvériser la tronche et te découper en quarante-six parts égales.

-Je vais sortir le Taser, tu vas voir comment le courant passera mieux entre nous. » Elle m'enlace et m'embrasse, avant de s'excuser : « Désolé, j'ai des Tocs. Je ne maîtrise pas mes pulsions meurtrières. » Et un indice de plus à déposer gracieusement dans la boîte à soupçons. Néanmoins cette phrase tranchante ne m'enchante guère.

SMS de Giovanni : « J'ai un logiciel qui me dit que tu es tombé amoureux. Comment s'appelle-t-elle ? Quel âge a-t-elle ? » Ou quand la technologie viole la vie privée.

23

Jackpot sentimental

K-Reen me trouve génial, et pourtant là je ne suis qu'à 10% de mes capacités. Ses termes lumineux irradient mon cœur de bonheur.

Et hop, c'est gagné : on se met en couple ! J'ai le précieux. J'ai comme un goût de victoire dans la bouche. L'amour n'est pas que dans le pré. Sous le coup de l'émotion, son chignon danse la salsa ! K-Reen est une fille simple, décontractée, rigolote, qui ne se prend pas au sérieux et terriblement mystérieuse : tout ce que j'aime. Et ce n'est que le début : il me reste plein de facettes à découvrir...

Ça fait cinquante-sept fois qu'elle tousse. Je lui demande : « Tu es malade ?

-Non, c'est pour me donner un style. »

Malin.

Je poursuis l'interrogatoire : « Tes yeux sont incroyablement magnifiques ! Ce sont des vrais ?

-Non non. »

Son ventre vibre, c'est curieux. Elle essaye de digérer un kebab bourré de fer ? Ou peut-être héberge-t-elle un alien dans son ventre ? Sa bouche tire des douilles de paroles : « Je me suis toujours sentie différente. » Et hop, un élément de plus.

Sa bouche se transforme en brumisateur de palabres : « Je dois passer voir mon chirurgien ce soir, il ne retrouve plus son portable, il pense l'avoir malencontreusement laissé dans mes intestins. En ce moment quelqu'un essaye de le joindre visiblement. »

Elle allume sa station multimédia : « J'adore la musique !

-Moi ce sont tes yeux que j'adore. » Elle est tombée juste raide dingue de ma phrase. Je continue sur cet élan : « J'adore tout chez toi. Tu es juste hors norme.

-Tu plaisantes ?

-Jamais quand je parle à la fille de mes rêves. » Elle est subjuguée.

Ou pas, des paroles dégoulinent de sa bouche : « Tu as d'autres compliments en stock, ou on peut parler d'autre chose ? »

Au sortir de ces envolées lyriques, à la télé, un journaliste demande à un homme politique de rebondir sur un sujet d'actualité : « Alors, selon un sondage, 84% des citoyens sont pessimistes. Comment expliquez-vous cette fuite d'enthousiasme ?

-Franchement, à part l'insécurité, la violence gratuite, la menace terroriste, la crise financière, le stress, le harcèlement, le surmenage au travail, les délocalisations, le réchauffement climatique qui détruit la nature, l'inflation, la hausse du prix du carburant, les pesticides, les guerres, les famines, les maladies que personne ne parvient à soigner, le chômage qui augmente, les centrales nucléaires qui risquent d'exploser à tout moment, les nuages très concentrés en radioactivité qui se baladent tranquillement dans l'atmosphère, les séismes, les tsunamis, les inondations, je ne vois vraiment pas ce qui les pousse à être négatifs et à s'inquiéter pour l'avenir. Il leur en faut vraiment peu... Ah, ou c'est peut-être parce que nos réformes sont tellement futées que les gens ont du mal à s'habituer. Oui, je ne vois que ça. Très honnêtement, à part tout ce que j'ai cité précédemment, tout va bien, il n'y a rien à signaler. <u>Mon</u> gouvernement est bougrement efficace, il enchaîne les prouesses techniques et économiques de manière sensationnelle, il solutionne les problèmes à une vitesse vertigineuse. Je dirais même qu'il repousse chaque jour les limites de la performance du corps humain. Il déploie une énergie incommensurable pour servir le pays. Comme dirait ma mère, c'est noël tous les jours, si l'on se penche sur les cadeaux qu'il offre au contribuable. Aller, je retourne travailler moi. Je sens que ça va être pépère aujourd'hui encore. Oh, mais dis-moi, c'est l'heure de l'apéro géant ! Je vais leur mettre une raclée, ils vont s'en souvenir. Faut que je batte tous les ministres et le président, c'est le challenge du jour. Et puis après, si j'ai le temps, je vais essayer d'avoir envie de réfléchir à la réforme des retraites. Attention, je ne promets rien. Ça dépendra de la météo, de mon état d'esprit, du nombre de victoires au poker que j'aurais cumulées, du montant des taxes que l'État aura empoché. Ah, mais vous n'avez pas coupé là ? Aïe... Il faudra que je m'excuse encore. Oh, et puis vous direz que c'était un intermittent du spectacle qui s'était déguisé en moi pour faire un canular, dans l'optique de faire monter son buzz. Aller tchuss, et garde la pêche mon frère. Et surtout, paye tes impôts et... vote pour notre parti aux prochaines élections ! » Ils insèrent toujours de la propagande dans leurs entrevues.

Le téléphone tinte : « Allô bonjour, je vends des fenêtres.

-J'en ai déjà, merci, au revoir. »

D'une voix futuriste j'interroge K-Reen : « Pourquoi ton verre est rempli de sang ? Pourquoi tu mets une tranche de gigot d'agneau entière dans ta bouche sans la couper au préalable ? Pourquoi tu croques les glaçons ?

-Peut-être parce que je ne suis pas humaine » plaisante-t-elle. En une phrase elle vient de décupler mes doutes et angoisses.

Elle s'interloque : « Pourquoi tu cries ?

-Parce que ta beauté est assourdissante. » Mon excuse est comme mes abdos : en béton. Elle enchaîne les questions : « Pourquoi tu mets des lunettes de soleil ?

-C'est parce que je suis ébloui par ta beauté.

-Pourquoi as-tu une minerve, des bandages, des pansements, des plâtres et des béquilles ?

-Parce que ton charisme est fracassant. »

On effectue un safari dans la faune urbaine. On passe devant une librairie. Ça me fait penser que la dernière fois que j'ai joué à l'Euromillions, j'ai modifié les numéros au dernier moment, parce que je ne les sentais plus. Bien évidemment, ce sont les premiers que j'avais inscrit qui sont sortis pour le jackpot de 162 millions d'euros. Il ne faut surtout pas que j'y pense.

J'emmène ma petite amie flambant neuve faire du shopping. Elle est contente.

Giovanni m'envoie de nouvelles applications : une appli qui affiche les sous-titres lorsque je pointe mon terminal sur une personne étrangère qui parle ; et une autre, intitulée *Everybody Dance* : des ondes électromagnétiques positives inondent l'atmosphère, ainsi tous les gens se mettent instinctivement à danser. Même les objets, la faune et la flore se mettent dans l'ambiance : les voitures tournent frénétiquement, klaxonnent des mélodies connues du grand public ; les gendarmes déposent des PV en rythme. La galerie marchande se transforme en *rave party*.

Les yeux de K-Reen embrassant gaiement le présentoir d'une bijouterie, elle me lance : « J'aimerais trop avoir un collier en diamant. » Je manipule mon webphone, avant de lui annoncer avec fierté : « Regarde dans ton mocassin gauche. » Elle ne réagit pas, croyant que je me moque de sa naïveté, alors j'insiste : « Sérieusement, regarde, tu risques d'être surprise. » Elle pousse un cri, tellement elle n'y croit pas. Aucun mot ne parvient à sortir de sa bouche, elle est sous le choc de la magie. Je lui ai fait un cadeau féérique, sans me ruiner. « Un

Dolce Gabana ! Il est magnifique ! Mais comment est-ce possible ? Tu es un marabout ?

-Non, je dirais plutôt que je suis très rapide. C'est mon sixième sens. On m'appelle Pur-100 dans mon ghetto rural. » Elle est aux anges, vu la tête qu'elle tire. Elle tente d'abuser de ma bonté : « Et si je te dis : j'aimerais trop avoir une Lamborghini rose, il se passe quoi ?

-Je suis rapide, pas PDG de Coca-Cola Company. Mon champ d'action a des limites. »

A la sortie d'une boutique, un homme m'harponne, sans raison apparente. Son casier judiciaire doit être aussi lourdement chargé que le revolver qu'il braque sur ma belle aimée.

Muée en bête de scène, tel un chaman en transe, celle-ci le mord ! Il part en courant et en hurlant. Cette fille est vraiment insolite ! Je la félicite.

Hein ? Mais il se transforme en Silvio Berlusconi ! Il se met à draguer tout ce qui bouge, expliquant qu'il organise un énorme banquet ce soir.

K-Reen, ma nouvelle femme aux cheveux multicolores et à la peau bodypaintée qui a gardé ses bigoudis, m'explique son pouvoir stupéfiant : « Ces derniers mois j'ai dû réaliser un déplacement professionnel au Japon, non loin de la centrale de Fukushima. Le panache que j'ai inhalé à mon insu a muté certains de mes gènes. Ainsi, lorsque je mords un être vivant, cet individu se transforme en un animal ou un objet différent à chaque attaque. Regarde. » Après avoir reçu une morsure, un tekkel devient un peuplier ; une femme âgée se transforme en mallette présidentielle remplie d'argent ; une caissière se métamorphose en gargouille ; une mendiante se transforme en Liliane Bettencourt, elle nous signe un gros chèque (par automatisme) ; un client devient une Porsche Cayenne ; une femme banale se convertit en paréo ; un mortel se change en chemise hawaïenne ; une cliente prend l'apparence d'un cigare de La Havane ; une citoyenne évolue en maison sur pilotis ; une personne classique se métamorphose en farfadet ; un palmier du jardin de décoration mute en sardine ; une Indienne prend la forme d'un loup-garou.

K-Reen poursuit son discours inquiétant : « J'ai vu sur un reportage que toutes les personnes qui, comme moi, ont absorbé des déchets radioactifs dans cette région contaminée ont développé des pouvoirs spécifiques et étonnants. Parmi mes collègues qui ont travaillé là-bas (depuis on organise des soirées pour partager les anecdotes de notre nouvelle vie, et éviter que cette différence nous rende fous), il y a un jeune homme qui est capable de marcher sur l'eau ; un autre individu qu'on surnomme la *femme-fourmi* : elle peut porter jusqu'à 60 fois son poids ; également une femme ayant des pissenlits qui poussent sous ses pieds (*tiens je la connais, c'est Eva, la femme qui m'a drogué !*); un qui peut cracher des acariens, engendrant chez son adversaire une crise d'asthme ; un qui peut accéder à internet juste avec son esprit ; un homme dont les postillons sont chargés de substances hallucinogènes ; un autre qui arrive à écouter un disque de Britney Spears en entier, sans râler ni rechigner ; une femme qui arrive à te parler de politique sans que tu t'endormes ; un homme-souris : il est capable de prendre l'apparence d'une souris, de cette manière il peut se faufiler partout ; un homme-pierre : il prend la forme d'un rocher de taille modulable ; un homme-chimpanzé : il bénéficie d'une agilité époustouflante aussi bien avec les mains qu'avec les pieds, il saute d'arbre en arbre ; et enfin un qui parvient à incruster dans l'esprit des gens des idées. Le Pentagone a même ouvert une filière spéciale pour retrouver ces mutants : elle a déployé des agents suréquipés et surentraînés sur tout le globe, formant la *Team X-6*. Comme je tiens à ma liberté et ne souhaite pas me retrouver en quarantaine à subir des tests scientifiques, je veille à ne pas étaler trop de preuves et utilise ce don avec modération. »

Avec ma *wonderwoman* aux yeux couleur *ébauche d'un arc en ciel qui se dessine dans l'horizon d'un ciel bleu lors d'un été ensoleillé australien*, nous luttons activement contre la routine. Ambiance *Feux de l'amour*, oserais-je dire même.

La mise en commun de nos pouvoirs va élargir l'étendue de nos activités. Ça promet ! « Bon K-Reen, on commence par régler les guerres et la famine à la Corne de l'Afrique ? Ou on prend de l'argent à tous les milliardaires de la planète, et on l'injecte aux chercheurs pour soigner des maladies ?

-Je serais d'avis pour qu'on se prenne deux semaines de vacances dans des lieux paradisiaques, histoire de se ressourcer, voir du pays, faire le vide, profiter d'être vivant, et après on voit. Ainsi, avec un esprit purifié et régénéré, on pourra prendre les meilleures décisions.

-Ça me plaît. »

Alors que des endorphines coulent à flot dans nos veines, nous ramassons le cigare, le gros chèque, la mallette bourrée de cash, et on monte dans la Porsche Cayenne. Madame enfile le paréo, et moi la chemise estivale à fleurs. On est en mode *Vamos à la playa !* On part chercher des billets d'avion pour Tahiti. C'est bon ça !

Durant le vol, tout en ingurgitant des aliments bourrés de parabens, bisphénol A et pesticides ainsi qu'un soda fraîchement taxé à cause de la nouvelle réforme, je revisionne la pellicule de cette journée riche en émotions en tous genres. Finalement, elle était plutôt époustouflante cette journée, non ? J'ai bien fait d'en faire un livre ?

Avec une voix pleine de swing, K-Reen me demande : « Tu peux me passer ton webphone ? » Puis, voyant ma tête : « Qu'est-ce qu'il y a ? Tu as oublié de le prendre ?

-Non non c'est bon. Je l'ai mis dans mon sac, qui est... dans la voiture qui est sur le parking devant chez moi, soit à 168 km d'ici. C'est le seul petit hic. » Oh la boulette.

Mais heureusement j'ai toujours une phrase sous la main pour me consoler et aspirer à un futur extraordinaire : **la plus grande limite qu'un Homme puisse avoir, c'est sa limite mentale**. Franchement, il ne vous fait pas rêver cet adage ? Et vous, qu'attendez-vous pour réaliser vos rêves ?

Grégory Huchon.

Dépôt légal : juin 2012

COPYMÉDIA IMPRIM'VERT®

Achevé d'imprimer en juin 2012
par **www.copy-media.net**
CS 20023 - 33693 MÉRIGNAC CEDEX